KB262472

은헌 新무협 판타지 소설

FANTASTIC ORIENTAL HEROES

마존유랑기 5

은헌 新무협 판타지 소설

초판 1쇄 찍은 날 § 2009년 3월 31일
초판 1쇄 펴낸 날 § 2009년 4월 7일

지은이 § 은헌
펴낸이 § 서경석

편집장 § 문혜영
편집책임 § 문정흠

펴낸곳 § 도서출판 청어람
등록번호 § 제1081-1-89호
등록일자 § 1999. 5. 31
어람번호 § 제2-1712호

주소 § 경기도 부천시 원미구 심곡2동 163-2 서경B/D 3F (우) 420-822
전화 § 032-656-4452 팩스 § 032-656-4453
http://www.chungeoram.com
E-mail § eoram99@chollian.net

ⓒ 은헌, 2008

ISBN 978-89-251-1753-9 04810
ISBN 978-89-251-1509-2 (세트)

※ 파본은 구입하신 서점에서 교환하여 드립니다.
※ 저자와 협의하여 인지를 붙이지 않습니다.
※ 이 책은 도서출판 청어람과 저작자의 계약에 의해 출판된 것이므로,
  무단 전재 및 유포 · 공유를 금합니다.

중원 사파의 지주라 할 수 있는 만마성에 변고가 발생했다.
만마성의 주인 마존이 가출(?)하며 남긴 한마디
'잘 먹고 잘살아라!'

魔尊
流浪記

마존 유랑기

"그놈? 그놈은 없는 사고도 만들어서 치는 놈이야."
움직이는 것 자체가 사고인 마존의 무림 유랑이 시작된다.

[완결] 5

은헌 新무협 판타지 소설
FANTASTIC ORIENTAL HEROES

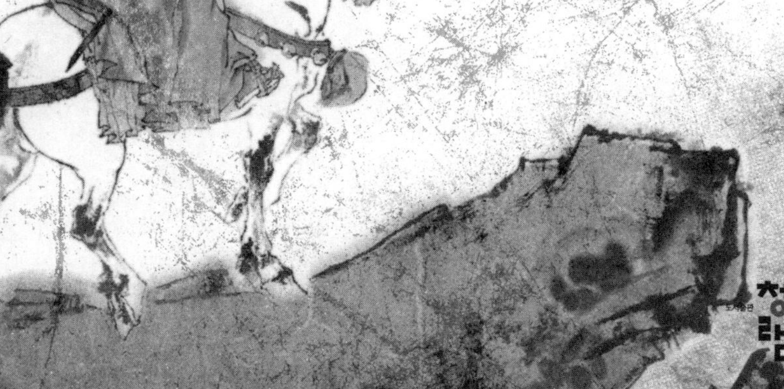
청
람

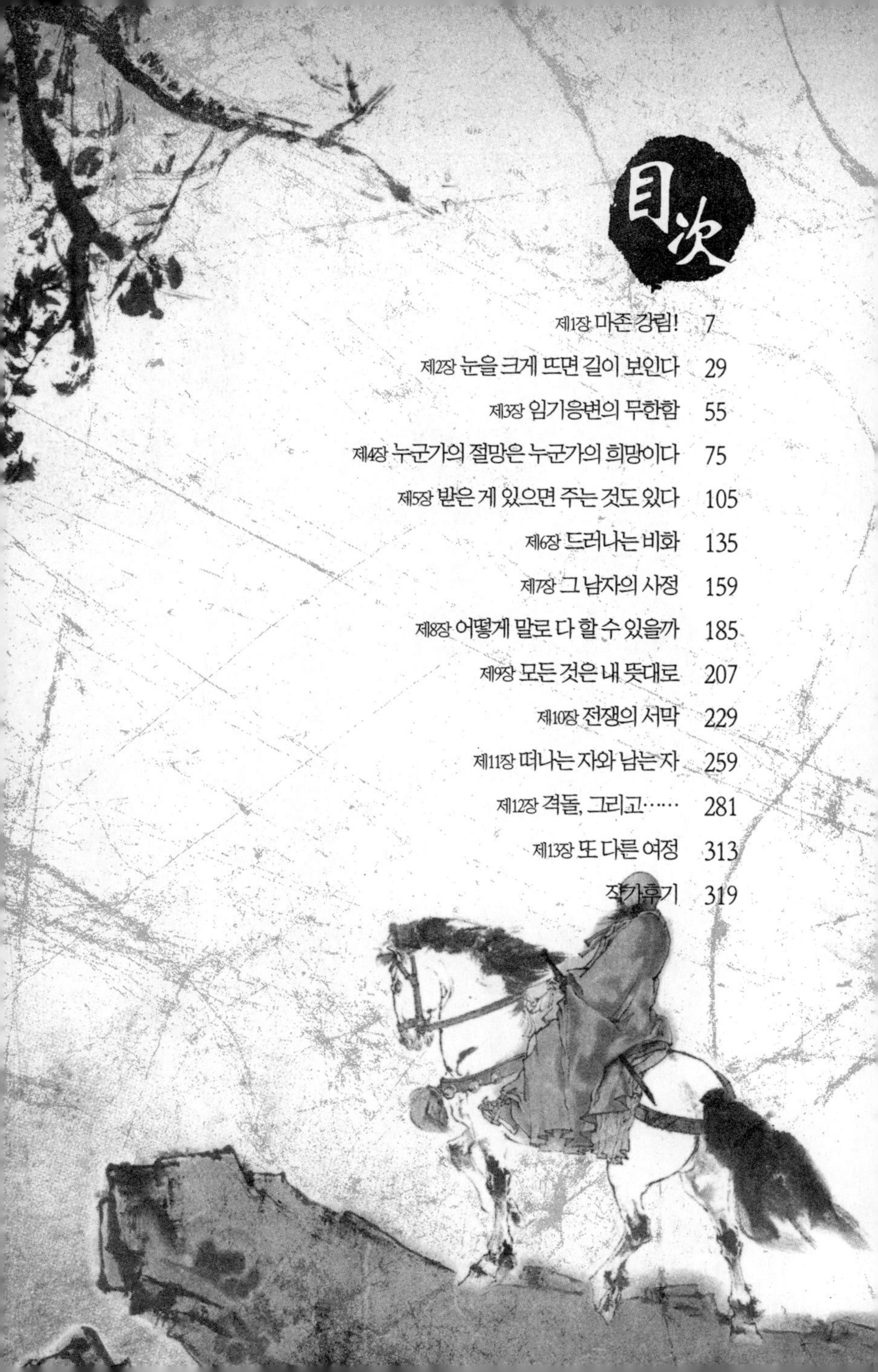

目次

第一章
마존 강림!

마존의 얼굴은 어느새 역용이 풀어지고 본모습을 드러내었
다.

"여명진!"

분노에 찬 외침이 울려 퍼졌지만, 여명진은 이미 그의 손에
서 멀어져 있었다.

사황성의 무리가 모여 있는 곳에서 여유롭게 마존 등을 바
라보는 그였다.

그리고 마존은 여명진에 대한 분노보다 처리해야 할 것이
있었다.

바로 그를 향해 날아오는 혈마강시들이었다.

순간 마존의 검붉은 검신에서 붉은 아지랑이가 피어올랐다.

아니, 아지랑이가 아니라 혈루였다.

검이 붉은 눈물을 흩뿌리며 허공을 향해 광소를 터뜨렸다.

끼아아아아아!

검이 대기를 찢으며 주위 삼 장을 전부 붉은 장막으로 덮었다.

붉은 화염의 장막인 염화가 펼쳐진 것이다.

콰콰콰콰쾅!

마존을 향해 덤벼들던 혈마강시들이 마존의 검막에 부딪쳐 튕겨 나갔다.

"염왕소! 염화!"

지옥 염왕의 웃음소리라 불리는 이것은 마존의 독문 도법인 염라도법이 만들어내는 특이한 소리였다.

염화는 일종의 강기막인데, 그 붉은 장막은 보는 이의 간담을 서늘하게 할 정도로 아지랑이를 피워 올려 일반 여타 강기막과 그 궤를 달리했다.

이것을 목도한 흑사의 얼굴이 잿빛으로 변했다.

염라도법을 마존 이외의 인물이 펼친 적은 한 번도 없었다.

유상호가 공식석상에 모습을 드러내지 않았기 때문이다.

"저놈, 대체 누구냐?"

물음을 던졌지만 대답이 나오지는 않았다.

혈검대주인 흑사가 놀란 만큼 반대편에서 마존을 기다리고 있던 귀랑대주 적룡과 불사대주 귀견수도 경악을 금치 못했다.

염왕소에 놀란 것도 있었지만, 그보다 혈마강시 열 구의 합공을 막아낸 마존의 무위에 놀란 것이 더 컸다.

"장가야, 저놈이 방금 혈마강시를 반 토막 내고 나머지 혈마강시의 합공을 막아낸 것이냐?"

"보고도 묻냐?"

대답하는 귀견수의 얼굴에도 황당하다는 표정이 떠올라 있었다.

이곳에 오기 전부터 혈마강시에 대한 얘기는 듣고 있었다.

어차피 잘려도 다시 붙는다는 것을 알기에 둘이 누가 먼저 자르나 내기도 했었다.

그 결과, 질려서 포기한 둘이었다.

무리를 한다면 강기를 만들어 자를 수도 있겠지만, 그랬다가는 꼬박 한 시진이나 두 시진을 운공으로 보내야 할 것이다.

사존의 특명을 받고 온 그들이었기에 그렇게까지 할 수는 없었다.

양쪽에서 마존 등을 포위하고 있는 이들의 손에 힘이 들어갔다.

그사이 마존과 혈마강시의 싸움은 점입가경으로 치닫고 있었다.

다시 혈마강시들이 마존을 향해 몸을 날렸고, 그런 그들을 향해 다시 염화를 피워 올리는 마존이었다.

그러나 처음 발화시킨 염화보다 그 강도가 더했다.

아지랑이가 아니라 불꽃이 허공으로 화려하게 그 꽃잎을 날렸던 것이다.

다시 열 구의 혈마강시가 그 염화에 몸을 부딪쳤지만, 결코 염화를 뚫을 수는 없었다.

오히려 이전보다 더욱 강한 충격을 받으며 뒤로 튕겨 나갔다.

염화에 의해 팔이 터지거나 발이 잘렸고, 복부가 찢어진 혈마강시도 있었다.

그러나 그런 혈마강시는 겨우 세 구에 불과했다.

나머지 일곱 구의 혈마강시는 무사했고, 다시 마존을 향해 몸을 날렸다.

이미 옷은 염화에 의해 너덜너덜 찢어져 거의 알몸이나 다름없는 혈마강시들이었지만, 보고 싶다는 욕구는 전혀 들지 않았다.

"빌어먹을!"

거친 숨을 내쉬는 마존의 입가로 피가 흘렀다.

힐끗 유상호 등이 있는 곳을 바라보자 이대로 쓰러질 수 없다는 생각이 들었고, 그것이 다시 검을 잡을 힘을 주었다.

'너무 성급했다.'

자책이 뒤따랐다.

지금은 정신을 가다듬어도 빠져나가기 힘든 상황이었다.

그런데 정신줄을 놓다니!

내공을 분배하지 못하고 있는 대로 힘을 쓴 결과, 내부는 완전히 엉망진창이 되기 일보 직전인 것이다.

"후우~ 후우~"

무표정한 얼굴로 달려들고 있는 혈마강시들의 모습에 싸한 기운이 마존의 등골을 훑고 지나갔다.

"한기?"

어처구니가 없었다.

"이런 것들에게 내가 공포라도 느끼는 것인가?"

죽음의 순간은 수없이 겪었다.

복부에 검을 박고도 꼬박 하루를 적과 뒹굴었던 그다.

결국 적을 모두 죽인 후에 검이 박혀 있던 곳이 너덜너덜해져 목숨이 경각에 달한 그때도 그는 결코 쓰러지지 않았다.

뒤늦게 달려온 마의가 그렇게 하도록 만들지 않았던 것이다.

"죽어도 서서 죽어!"

그런 모습이 몇 번씩 겹쳐지면서 불사신화의 마존은 만들어져 갔고, 그런 모습이 적들에겐 두려움으로, 수하들에겐 믿음으로 다가갔다.

만신창이가 되어서도 수하들 앞에서는 결코 약한 모습을 보인 적이 없는 그였다.

죽음을 친우로 여기며 지낸 세월이 얼마이던가.

그런 자신이 지금 혈마강시들로 인해서 한기를 느낀다는 것을 받아들일 수 없었다.

그러나 한가하게 이런 생각을 하고 있을 시간이 없었다.

"멍청한 중놈아! 너부터 죽여주랴?"

마승에게 전음을 보내는 것이 먼저였다.

마존의 전음을 받은 마승이 흠칫하더니 유상호 등이 있는 곳으로 신형을 날렸다.

그렇다.

지금 마승은 팔자 좋게 마존의 싸움을 관전하고 있을 때가 아니었다.

마존의 얼굴이 변했든, 유상호가 마존을 아버지라고 불렀든, 마존이 염라도법을 펼쳤든 중요한 것이 아니었다.

우선 여기서 살아나가야 했다.

모조리 죽어버린다면 이런 정보는 하등 쓸모없는 것이었으니까.

"유 소협."

마승이 다가가 유상호를 부르자 철운영의 상처를 지혈하던 그가 돌아봤다.

"곽정을 봐주세요!"

"지금 이럴 시간이 없습니다. 주위를 보십시오."

마승의 은밀한 전음에 유상호도 뭔가를 느낀 것 같았다.

그는 그렇게 미련한 남자가 아니었다.

주위를 보지도 않았지만, 마승이 말하고자 하는 것이 무엇
인지 눈치챘다.

힐끗 유상호의 눈이 마존을 바라보았지만, 그뿐이었다.

지금 그가 할 수 있는 것은 아무것도 없었다.

그저 이곳을 벗어나는 것밖에는.

"아버지……."

"멍청한 놈아! 어서 가지 못해!"

마지막이란 생각에 전음을 보냈지만 돌아온 것은 질책이었
다.

그 순간에도 마존은 혈마강시들의 공격을 막느라 용을 쓰고
있었다.

현재 마존과 혈마강시의 대결이 너무나도 엄청나기에 그곳
에 온통 주위의 시선이 쏠려 있었지만, 그렇다고 유상호 등을
완전히 잊어버린 것은 아니었다.

유상호와 마승이 철운영과 곽정을 둘러메자 그것을 본 이가
고함을 질렀다.

"저기! 저들이 도망치려고 하오!"

여명진이었다.

그는 유상호 등이 이곳을 벗어나기를 원하지 않았다.

아무리 그가 사황성과 손을 잡았다고는 하지만, 그것을 떠
벌리고 싶은 생각은 없었다.

여명진이 소리를 질렀지만, 적룡과 귀견수의 귀에는 들리지
않았다.

더 중요한 것이 있었으니까.

"장가야, 저기 저놈 낯이 익지 않냐?"

역용이 풀린 마존의 얼굴을 가리키며 적룡이 말하자 귀견수
도 그것을 바라보더니 눈을 부릅떴다.

"그… 아! 그놈! 그 방화범이란 놈의 얼굴과 비슷한데?"

"그렇지?"

사존 능운상에게서 측근들에게 마존의 초상과 함께 특급으
로 다루란 명이 전달되었었다.

무조건 찾아내란 말과 함께.

"저기… 놈들이 움직인단 말입니다!"

그제야 시선을 돌린 두 사람이었지만, 그 눈에는 결코 좋은
뜻이 담겨 있지 않았다.

"좀 닥쳐 주었으면 하는 소망이 있는데?"

지금 귀랑대주 적룡이나 불사대주 귀견수의 입장에서는 마
존 이외의 인물들은 떨거지나 다름없었다.

실제로 혈마강시를 죽인 것도 마존이었고, 방화범과 닮은
놈도 마존이었다.

혈마강시 하나도 제대로 처리하지 못하는 마승이나 이름도
들어본 적 없는 젊은 놈들에게 할애할 시간 따위는 없는 것이
다.

사황성에서도 만약 여의치 않아서 다른 이들을 모두 놓치는
한이 있더라도 마존은 반드시 죽이라고 하지 않았던가.

그런 판국에 마존이 방화범과 닮기까지 했으니 이들이 마승 등에게 신경을 분산할 이유는 더욱 없었다.

"가만?"

"왜?"

"아까 저기 젊은 놈이 아버지 어쩌고 하지 않았나?"

"응?"

그제야 유상호가 마존을 바라보며 외친 것이 떠오른 적룡이었다.

그들은 현재 상황을 정리할 필요가 있었다.

하지만 그들만으로는 부족했다.

반대편에서 혈마강시들을 부리고 있는 혈검대주 흑사의 협조가 필요한 것이다.

지금 적룡이 부리는 혈마강시는 두 구에 불과했다.

나머지 여덟 구는 흑사의 명령을 받는 존재들이었다.

"일단 놈의 정체부터 확실하게 밝히자."

적룡의 말에 귀견수가 고개를 끄덕였다.

*　　　*　　　*

다시 충돌이 이어지고 혈마강시들을 튕겨낸 마존의 입가로 피가 흘렀다.

이대로 몇 번만 더 충돌이 계속된다면 쓰러질 것만 같았다.

그런데 그때, 혈마강시들이 일제히 뒤로 물러나며 둥그렇게 마존 등을 포위하는 것이 아닌가?

"헉, 헉, 헉, 젠장! 뭐 하자는 수작이지?"

대여섯 번의 충돌을 하고 나자 마존도 슬슬 힘이 부치는 것을 느꼈다.

열 구의 혈마강시도 그 충돌에 타격을 입었지만, 마존만큼은 아니었다.

단전에서는 내공이 모자란다고 고래고래 소리를 지르고 있었고, 팔다리는 가을바람에 흩날리는 버드나무 가지마냥 후들거리고 있었다.

검을 땅에 거꾸로 박아놓고 몸을 세우고는 있었지만, 여건만 허락한다면 그대로 눕고 싶었다.

그렇지만 보이는 것처럼 완전히 지친 것은 아니었다.

유상호 등이 벗어날 수 있는 시간을 벌고자 힘을 아껴 강한 일격을 날릴 셈이었다.

그런데 그것이 들통이라도 난 것처럼 혈마강시들이 일제히 뒤로 빠져 포위망을 구축한 것이다.

한마디로 엿 같은 상황이었다.

자신을 포위하듯 빙 둘러서 있는 혈마강시들을 바라보는 마존의 눈에 절망감이 어렸다.

혈마강시들은 인간이 아니었다.

그렇기에 그들은 피로를 알지 못했다.

팔다리가 터져 나가거나 잘려진 것들이 있었지만, 힘이 빠진 것 같지는 않았다.

거기다 잘린 팔다리도 지금의 상황을 이용해 붙이고 있었기에 더 불리해지는 것은 마존 자신일 것이다.

그것을 알지만 치고 나갈 엄두가 나질 않았다.

자칫 실패라도 하는 날이면 도망갈 시기를 놓쳐 멍한 표정이 된 이들이 죽임을 당할 것이니까.

혈마강시들을 상대로는 마존의 투쟁심이나 싸움의 처절함, 악귀 같은 모습이 전혀 효과를 발휘하지 못했다.

만약 인간들이었다면 지금 마존의 모습에서 무언가를 느꼈을 것이고 동요하는 이도 나왔을 것이다.

그렇다면 그 틈을 노려볼 만도 하련만, 혈마강시들은 인간이 아니었기에 그런 인간적인 빈틈을 보이지 않았다.

마존의 시선이 멍한 표정에서 이제는 안타까운 표정으로 바뀐 마승과 유상호에게로 향했다.

"기회는 있다. 너무 실망하지 마라."

"아버지……."

"없다고 해도 내가 만들어줄 것이다. 반드시!"

마존은 장담하고 있었지만, 그것은 그렇게 쉬워 보이지 않았다.

혈마강시들을 뒤로 물리는 것과 동시에 적들이 주위를 넓게 포위했기 때문이다.

아까까지만 해도 뭉텅이로 모여 있었기에 틈이 많았는데, 지금과 같이 포위한 상태에서는 그 틈이 보이지 않았다.

빠져나가려면 최소한 한 번의 충돌이 있어야 할 것이고, 그 시간이면 혈마강시가 아니라고 하여도 주위에 있는 놈들이 몰려들기에는 충분하리라.

"운영이는 어떠냐?"

"지금은 괜찮습니다만, 오래 끌면 어떻게 될지……."

여명진의 무공이 낮아서인지, 아니면 철운영과 정각의 무공이 높아서인지는 모르겠지만 상처는 생각보다 깊지 않았다.

출혈이 좀 신경 쓰이기는 해도 내부 장기는 그다지 다치지 않은 것 같았다.

그렇지만 정확한 부상 정도를 모르기에 혈을 찍어 지혈을 하고 움직이지 못하게 한 상태였다.

빨리 벗어나 제대로 된 치료를 받는 것이 나았다.

"마승이나 곽정은 신경 쓰지 마라. 오직 너와 운영이가 사는 것에 초점을 맞춰라. 그리고 만일 그것도 여의치 않다면… 그때는 너만을 돌보도록 해라."

"……."

마존의 전음을 받았지만 유상호는 대답을 할 수 없었다.

그렇지만 그것이 최선이라는 것을 알았다.

"명심해라."

마존이 유상호에게 전음을 보내는 동안 흑사가 귀견수 등이 있는 곳으로 합류했다.

그들이 서로 말을 주고받더니 이내 마존을 바라보았다.

"어이, 너!"

세 사람 중에서 흑사가 입을 열었다.

그것으로 봐서 흑사가 그들 중에서 조금 높은 위치에 있는 모양이었다.

비록 멀리서 낮은 목소리로 물었다지만 바로 옆에서 말하는 것처럼 또렷하게 들렸다.

―새파랗게 어린놈이 어디서 반말이야!

라고 쏘아주고 싶었지만 마존은 참았다.

"왜?"

"마존과 무슨 관계냐?"

"알아서 뭐 하려고?"

말을 많이 하는 것은 마존에게도 득이었다.

혈마강시들이 신체를 붙이고 있었지만, 그도 진탕된 내부를 다스릴 시간을 버는 것이니까.

현재 열 구의 혈마강시 중에서 네 구를 제외하고는 전부 멀쩡해진 상태였다.

네 구 중 두 구는 한쪽 팔이 완전히 부서졌고, 나머지 두 구는 다리가 부서진 상태였다.

잘린 것이 아니라 완전히 부서졌기에 다시 원상 복구는 힘들 것이다.

마존이 퉁명스럽게 대답했지만 흑사는 개의치 않았다.

"네놈은 어째서 저놈을 아버지라 부른 것이지?"

화살은 유상호에게로 그 방향을 틀었다.

"아버지라 부른 적 없다. 다만 아버지가 생각났을 뿐이다."

흑사가 여명진을 바라보았다.

"놈은 저 젊은 놈을 사숙이라고 불렀습니다. 젊은 놈의 이름은 화무정, 어린놈의 이름은 백무림입니다."

"화무정이라……."

흑사도 그 이름을 알고 있었다.

가만히 마존을 바라보던 흑사가 품에서 무언가를 꺼냈다.

그곳에는 두 장의 초상이 들어 있었는데, 하나는 마존이 역용을 했을 당시의 얼굴이었고, 다른 하나는 지금의 얼굴과 똑같은 모습이었다.

"놀랄 일이군. 눈 하나 때문에 사람이 이렇게까지 달라 보이다니 말이야."

그 말은 사실이었다.

두 장의 초상을 같이 보고 있으면서도 같은 인물이란 생각을 하지 못할 정도였으니까.

"뭐, 좋아."

둘이 같은 사람이든 아니든 흑사에게는 중요한 일이 아니었다.

아니, 오히려 둘이 같은 사람이란 것이 더 잘된 일이었다.

두 가지 일을 한꺼번에 해결할 수 있으니까.

막 마존에게 무언가를 더 물어보려는 흑사의 뒤로 한 사람이 다가왔다.

나이가 든 인물로, 불사대의 부대주를 맡고 있는 추혈검이란 자였다.

"저, 혈검대주님."

"뭐냐?"

"아무래도 놈이 마존 같습니다."

"뭐?"

이 말에 흑사가 전음을 쓰는 것도 잊고서 추혈검을 바라봤다.

"전 예전에 마존과 직접 싸웠던 적이 있습니다. 물론 옛날일이지만."

"정말이냐?"

"네. 아까 놈의 모습을 보고는 온몸에 소름이 돋았습니다. 물론 그 당시에는 저런 강대한 무공을 쓰진 않았지만, 마치 악귀와도 같이 날뛰는 놈의 모습은 그날의 모습과 전혀 다르지 않았습니다. 이건 저 혼자만의 의견이 아니라 같이 있는 동료들의 의견을 수렴한 것입니다."

추혈검의 말에 흑사가 불사대를 바라봤다.

두세 명이 동요하는 기색이 느껴졌다.

비단 불사대만이 아니었다.

귀랑대의 인물 중 나이가 제법 있는 이들 중에서 몇이 마존의 모습을 보면서 흥분을 감추지 못하는 모습이었다.

사실 마존과 싸움을 한 이들 중에서 살아 있는 이는 거의 없었다.

거의 사십여 년이 흐른 지금이다.

당시 활발하게 활동하던 이들은 모두 삼십대 이상이었다.

그보다 어린 이들도 있었겠지만, 그런 이들은 실력이 부족했기에 마문과의 싸움에서 대부분 고혼이 되었다.

그리고 그보다 나이 많고 실력이 좋은 이들은 세월을 이기지 못했다.

현재 마존과의 싸움에서 살아남은 이들은 운 좋게 싸움이 아닌 경계를 하던 이들이었다.

그런 이들이 나이가 들어 현재 사황성의 네 개 대에 속해 있는 것이다.

그들의 머릿속에는 젊은 날 보았던 마존의 모습과 처절하게 싸우던 마문 무사들의 모습이 또렷하게 각인되어 있었다.

나이가 어렸다지만 같은 나이의 동료가 싸움터에서 무기를 휘두를 당시, 싸움에 직접 참여하지 못하고 밀려나 경계만을 하던 그들이었기에 살아남아 지금의 위치에 오를 수도 있었다.

그런 그들이 아무리 세월이 흘렀다지만 마존의 얼굴을 기억하지 못할 이유가 없었다.

하지만 아무리 사대에 속한다고 하여도 대주나 부대주 같은 위치에 오르지 못한 것은 부족한 재능 때문이었다.

그리고 그것은 마존의 얼굴이 그려진 초상을 보지 못하게 만들었다.

그렇다고 그들이 마존의 초상을 봤다고 해서 마존을 알아본다는 뜻은 아니었다.

지금이야 염라도법을 쓰고 있었기 때문에 마존이라는 의심을 하게 된 것이니까.

그러나 그들이 초상을 봤다면, 누군가는 마존을 떠올렸을 수도 있었을 것이다.

그만큼 마존은 젊은 날의 모습 그대로였기 때문이다.

"저놈이 마존이라면 지금 육십은 넘은 나이일 것이다. 그런데 저 얼굴은 뭐란 말이냐?"

"역용을 한 것이 아니겠습니까?"

추혈검의 말에 흑사가 가만히 마존을 바라보다가 고개를 저었다.

"그것은 아닐 것이다."

"혹시 주안술을 익힌 것은 아닐까요?"

"그렇다면 다행이지만……."

혈마강시를 상대로 보여준 마존의 무위를 떠올리자 끔찍한 가정이 생겼다.

바로 반로환동이었다.

'혈마강시를 상대해 본 결과, 환골탈태만으로는 겨우 하나나 둘이 고작이라고 생각했다. 그런데 저놈은 무려 열을 상대하고 있지 않은가?'

가만히 세워놓은 혈마강시를 자르는 것도 힘들었었다.

그런 혈마강시가 광포하게 달려들고 있건만 마존은 막아내었고, 반격까지 하여 혈마강시에게 피해를 주었다.

'마존의 무위가 그렇게 높았던가?'

이해할 수 없는 일이었다.

만일 그런 무위를 가지고 있었다면 어째서 녹림과 사황성을 가만히 두고 보았는지 이해가 가지 않았다.

진즉에 쳐들어와도 이상하지 않을 정도로 만마성과 녹림, 사황성의 관계는 좋지 않았으니까.

생각을 하다가 다른 문제가 떠오른 흑사가 가만히 유상호 등을 바라보았다.

'저놈을 분노케 한 것이 무엇일까? 저 젊은 놈들이 그에게 중요한 인물들인가?'

그러다 다시 유상호가 아버지라 부른 것이 떠올랐다.

'아버지라……. 혹시 저놈이 유상호?'

만마성주인 유상호가 폐관에 들었다는 정보가 기억났다.

'금방이라도 쓰러질 듯 휘청거리는 저놈이 마존이고, 반시체가 된 이를 업고 있는 놈이 유상호?'

그러자 여명진의 칼에 맞아 쓰러진 놈을 유상호가 황급히 안아 드는 장면도 떠올랐다.

"저기, 백무림이란 자가 업고 있는 놈이 누구냐?"

흑사의 말에 여명진이 즉각 대답했다.

"개방의 철운영이란 놈입니다."

"철운영?"

들은 기억이 있었다.

정파 후기지수 중에서 유독 그 가능성을 인정받은 네 명 중의 하나였다.

"예. 그런데……."

"뭐냐?"

"지금 보니 저 화무정이란 자와 상당히 유사하게 생겼습니다."

"그래?"

지금 철운영은 유상호의 등에 푹 파묻혀 얼굴이 보이지 않았다.

"예. 이전의 모습은 모르겠지만, 지금의 얼굴은 거의 판박이라고 봐도 무방하지 않을 정도입니다."

또다시 의문이 꼬리를 물고 이어지고 있었다.

'정파의 후기지수, 그것도 개방 놈이 어째서 마존이라 생각되는 놈을 닮은 것일까?'

현 단계에서는 무엇 하나도 결론을 내릴 수가 없었다.

아는 것도 빈약했고, 뭔가 상당히 복잡해 보였기 때문이다.

"일단 놈들을 잡으면 알게 되겠지."

정답이었다.

마존의 모습은 서 있다뿐이지 금방이라도 쓰러질 것처럼 보였고, 나머지 떨거지들은 혈마강시 하나도 제대로 처리하지 못하고 있었다.

지금의 상황에서 어려운 일은 죽이지 않고 생포하는 것뿐이었다.

그러면 자신이 머리를 쓸 필요도 없이 고문하는 것을 업으로 삼고 살아가는 사황성의 잔귀들이 알아서 처리를 할 것이니까.

"장가야."

나름 생각을 정리하는 흑사에게 귀랑대주인 적룡이 말을 걸었다.

사대의 대주들은 같은 오십대이면서 같은 수련원을 나온 이들이었다.

나름 사황성에서 힘을 주는 지위에 있던 이들의 자식들인 것이다.

그렇기에 어린 시절부터 서로 경쟁하면서 컸기에 스스럼이 없었다.

"왜?"

"성주님이 저 검도 확보해 오라고 하셨다."

"검을?"

"그래."

귀랑대주가 이유를 말하지 않은 것은 그것을 모르기 때문이었고, 흑사는 그것을 알 수 있었다.

알았다면 바로 얘기를 했을 것이니까.

"좋아, 그럼 시작해 볼까?"

第二章
눈을 크게 뜨면 길이 보인다

慶彦
法語記
마돈
유랑기

혹사가 마존 등의 처리 문제를 결론 내리고 있을 때, 마존은 자신의 검과 혈마강시들을 바라보고 있었다.

'지금 이것들을 처리하는 게 급한 게 아니지?

다 때려 부수다가는 자신도 골로 가게 생겼다.

아니, 다 때려 부술 수나 있을지도 장담하지 못하는 상황이었다.

어떻게 해서든 유상호와 철운영만이라도 이곳을 벗어나게 하는 것이 최선이었다.

좀 먼 거리였지만, 귀를 쫑긋 세우고 있었기에 혹사 등이 나누는 얘기를 들을 수 있었다.

물론 전음은 들을 수 없었지만.

놈들의 관심을 최대한 받지 않는 것이 중요했다.

물론 그 대상에서 자신이나 마숭은 들어 있지 않았다.

유상호만이 그 대상이었다.

"어이, 땡중."

"왜 그러시오?"

"검은 다룰 줄 아나?"

마존의 말에 마숭이 고개를 돌렸다.

"그 말씀은?"

"자, 받아라."

마존이 검을 던지자 마숭이 그것을 황급히 받아 들었다.

사실 마숭이 이곳까지 쫓아온 이유가 바로 검이었기 때문이다.

마숭이 검을 노리고 있다는 것은 마존도 알고 있었다.

그가 검을 바라보는 눈길이나 쫓기면서도 검을 신경 쓰는 모습을 보았으니까.

받아 든 검을 요리조리 살펴보는 마숭.

찌이이잉!

내력을 주입했는지 검이 살짝 떨림을 일으키며 미약한 소리를 내었다.

그 모습을 본 마존이 고개를 갸웃했다.

'울어?'

지금껏 아무리 내공을 주입해서 싸워도 운 적이 없는 검이다.

그런데 마승이 내공을 집어넣자마자 울음을 터뜨린 것이다.

사대금강이 관찰을 하는 동안에도 얌전히 있던 검이.

마존이 고개를 갸웃하는 동안 마승은 알 수 없는 떨림을 느끼고 있었다.

가슴속 깊은 곳에서 시작된 그것은 곧 그의 전신을 뒤덮었다.

"우우우우우우우~"

항마후가 그의 입에서 터져 나와 온 천지를 뒤흔들었다.

그와 함께 검에서 강기가 뻗어 나왔는데, 그 빛이 검은색이었다.

그야말로 마승다운 모습이라고 할 수 있었다.

마존은 현 상황이 반가웠다.

어떻게 해서든 유상호에게 쏠릴 관심을 돌리고 싶었는데, 알아서 연출을 해주니 이 어찌 반갑지 않겠는가?

검 따위는 백번이라도 던져 줄 용의가 있는 그였다.

"호야, 놈들이 공격하면 바로 내 뒤로 오도록 해라. 알았냐?"

마존이 검을 준 것을 의아하게 여긴 것인지 유상호의 얼굴에 의구심이 들었지만, 그런 의구심을 해결할 만큼 한가한 상황이 아니었다.

그런 유상호에게 또 다른 의문이 들었다.

'분명 아버님께 공격이 집중될 것이거늘, 어찌 오라고 하시는 것이지?

한편, 마숭이 검을 쥐더니 포효하는 모습을 주시하던 흑사 등이 긴장을 했고, 그 순간 공격이 다시 시작되었다.

그런데 이번에는 마숭을 향해서도 혈마강시가 달려들었다.

하지만 이제까지의 마숭이 아니었다.

자신을 향해 달려드는 혈마강시를 향해 거침없이 검을 내리 긋고 있었으니까.

떨어지는 검이 흔들리더니 마치 부처상의 다섯 손가락을 곧 게 편 손바닥과 같은 형태를 만들었다.

그러나 그 손바닥은 자비의 상징이 아니라 시퍼렇게 날을 세우고 있는 단죄의 손바닥이었다.

쾅!

그 손바닥과 혈마강시가 충돌하자 강한 충돌음과 함께 뿌연 먼지가 사방을 휩쓸었다.

그 먼지를 뚫고 먼저 뛰쳐나온 것은 마숭이었다.

충돌할 때 생긴 힘을 이용해 몸을 뒤로 날린 것이다.

먼지를 뚫고 빠른 속도로 전장을 이탈한 마숭은 뒤도 돌아 보지 않고 포위한 사황성의 무사들에게로 달려들려고 했다.

"……!"

다리에 느껴지는 압박감.

어느새 혈마강시가 마숭을 쫓아와 그의 발목을 붙잡은 것이 다.

다리를 붙잡은 혈마강시의 몰골은 끔찍했다.

악마의 발톱이 훑고 간 것 같은 다섯 줄기의 상처는 일반 사람이라면 도저히 살 수 없는 것이었다.

정수리는 거의 반이나 갈라져 있었고, 한쪽 어깨는 갈비뼈가 보일 정도까지 잘려 있었다.

복부에도 끔찍한 상처는 존재했고, 다리 하나는 어디로 사라졌는지 보이지 않았다.

그러나 그럼에도 불구하고 그녀는 성한 한쪽 다리로 마승의 움직임을 따라잡으며 하나 남은 손으로 그의 발을 붙들었던 것이다.

비록 곽정을 업고 있다고는 하지만, 마승과 같은 고수에게 있어서 그 정도의 무게는 없는 것과 같았다.

그럼에도 발목을 붙들린 것은 혈마강시의 움직임이 상상외로 빨랐던 것과 마승의 방심이 이뤄낸 결과였다.

혈마강시뿐만 아니라 모든 강시의 무서움이 이것이었다.

단단함과 빠름.

자고로 역대 사파 중에서 강시를 이용하는 곳은 더욱 단단하고 조금이라도 빠른 강시를 만들려고 노력했고, 그 노력의 최정점에 서 있는 것이 혈마강시였다.

이제껏 등장한 강시들 중에서 혈마강시와 같은 마물은 없었다.

어쨌든 마승은 지금 방심의 대가를 받는 중이었다.

“크윽!”

서둘러 발목에 내공을 돌려서 보호했다.

잡힌 발목에 상당한 압박감이 느껴졌다.

만일 보통 사람이라면 그 손아귀 힘만으로 발목이 다리에서 뜯겨 나갔을 것 같았다.

다시 검에서 검은빛이 솟아 나왔지만, 아까와 같은 울음소리는 들리지 않았다.

그리고 검강도 전만 못했다.

창졸지간에 만든 것이라고는 하지만 그 차이가 너무나 명확했다.

색도 흐렸고, 크기도 아까의 반도 못 미쳤던 것이다.

그래도 그 공격으로 혈마강시의 손아귀에서 벗어날 수는 있었다.

마승이 날린 검이 혈마강시의 팔을 끊지는 못했지만, 거의 반이나 잘라 힘줄이 끊어진 것인지 손이 풀렸던 것이다.

풀려난 발의 발등을 다른 발로 차고는 공중제비를 넘으며 자리를 벗어난 마승이 갈기갈기 찢어진 몸으로 여전히 자신을 쫓아오는 혈마강시를 보며 침음을 흘렸다.

자신이 기대한 것은 이것이 아니었다.

검에 내공을 불어넣었을 때 느껴지던 기운과 전신을 진동시키는 검명은 그에게 자신감을 심어주었다.

자신이 누구던가?

마승이라 불리며 소림 최후의 힘으로 인식되는 이가 아니었던가?

　물론 아직은 그 자질이 부족하지만, 그의 스승도 이미 준비는 되었다고 말을 했다.

　계기가 되어 잠재되어 있는 능력이 깨어나면 언젠가 마승의 이름에 어울리는 사람이 될 것이라 했다.

　마승은 사부의 그 말을 언제나 노력하는 자세를 가지란 것을 받아들였는데, 방금 전 검을 잡은 순간 혹시 이것이 계기가 아닐까란 생각을 하였다.

　그만큼 자신감과 힘이 끓어올랐던 것이다.

　그러나 결과는 참담했다.

　단칼에 갈라 버리리라고 생각했는데 그러지 못한 것이다.

　마존이 혈마강시를 처리하는 모습을 본 그였기에 좌절감은 더했다.

　'야차검이 막히다니…….'

　마승에게만 전해오는 검법이 있었지만 자신은 아직 펼칠 능력이 되지 못했다.

　그렇기에 검을 들고 나오지 않았지만, 마존이 넘겨준 검을 잡았을 때 어쩌면 야차검을 시전할 수 있으리란 생각을 했고, 실제로 검법을 펼쳤다.

　그러나 결과는 실망, 그 자체였다.

　모양만 따라 했을 뿐, 그 능력은 전혀 발휘되지 않은 것이다.

　만일 야차검의 진정한 힘이 펼쳐졌다면 자신의 앞에 있는 혈마강시는 잘려지는 것이 아니라 폭발하여 그 흔적도 남지 않았을 것이다.

아니, 주위 십여 장은 완전히 파괴되어 있어야 했다.

그렇기에 실패한 것을 알고 급히 자리를 뜨려고 했던 것이 아닌가.

검을 잡은 후에 든 어설픈 허영심이 그를 몰아세웠고, 그 대가가 이것이었다.

'차라리 반선검을 펼칠 것을⋯⋯.'

반탄을 위주로 하는 반선검을 펼쳤다면 혈마강시와 충분한 거리를 벌릴 수 있었을 것이다.

온몸이 만신창이가 되었음에도 자신을 향해 달려드는 혈마강시보다 뒤이어 쳐들어올 사황성의 무리가 더 걱정되었다.

물론 혈마강시보다 어려운 상대들은 아니겠지만 그들의 공격에 신경을 빼앗긴 사이 혈마강시가 공격을 하면 위험할 수도 있기 때문이다.

아직은 늦지 않았다.

악귀처럼 달려드는 혈마강시로 인해서 다른 곳으로 시선을 돌릴 수는 없었지만, 주위에 아무도 없다는 것은 알 수 있었으니까.

다시 힘을 끌어모아 반선검을 펼쳤다.

그러자 다시 검에서 손바닥 모양의 강기가 뻗어 나왔고, 그대로 혈마강시를 향해 날아갔다.

'이 힘을 이용하면!'

마존이나 유상호의 안전은 뒷전이었다.

자신은 그들의 보호자로 온 것이 아니었다.

짓쳐들던 혈마강시가 손바닥에 강타당했고, 마승은 그 힘을 이용해 뒤로 몸을 날렸다.

"응?"

반탄력을 이용해 공중으로 뛰어오른 마승이 주위를 경계하다가 의문을 표했다.

아니, 황당하다는 표정을 지었다.

자신을 노리고 상황성의 무리가 달려들 줄 알았건만, 자신에게 신경을 쓰는 이들이 거의 없었기 때문이다.

이제야 혈마강시와 격전을 벌이며 신경을 쓰지 못했던 주위의 소음이 들려오기 시작했다.

이런 소란을 어찌 알아차리지 못했는지 스스로도 한심했다.

"죽여!"

"아악~ 내 다리!"

"비키란 말이다, 이 개자식아! 비… 크악!"

아수라장이 따로 없었다.

공중으로 솟아오르는 것은 팔다리요, 이리저리 땅을 굴러다니는 것은 머리 잃은 몸뚱어리였다.

그것도 매끈하게 잘려진 것이 아니라 마치 누군가가 쥐어뜯은 것 같은 모습이었다.

그 아수라장의 주변에 흑사를 비롯한 사황성의 정예가 기회를 노리며 바라보고 있었다.

하지만 섣불리 뛰어들 수 없었다.

사황성이 모은 떨거지들 속에서 적아의 구분없이 날뛰는 게 바로 혈마강시이기 때문이었다.

물론 흑사 등이 혈마강시를 통제할 수도 있었지만 그렇게 되면 마존이 도망갈 수 있는 시간을 줄 수 있다는 것이 문제였다.

사황성의 정예들이 뛰어들어서 혼전이 되어도 상황은 마찬가지였다.

포위망이 얇아질 뿐만 아니라 자칫하다가는 깡그리 몰살당할 수도 있었다.

그런 이유도 있었지만, 가장 정확한 이유는 개죽음당하기 싫다는 것이었다.

지금 저기서 죽어가고 있는 어중이떠중이처럼.

"음……."

흑사가 신음을 흘릴 만도 하였다.

"저게 뭐냐?"

귀견수의 물음에도 누구 하나 입을 열지 않았다.

하지만 묻는 귀견수도 그다지 답을 구하려고 물은 것 같지는 않았다.

그 자신의 별호가 귀견수였다.

그만큼 수법에는 자신이 있었고, 보법도 누구에게 뒤지지 않는다고 생각했다.

하지만 지금 눈앞에서 펼쳐지고 있는 광경은 그의 그런 자신감이나 생각을 완전히 뭉개 버렸다.

허공에 나타났다 사라지기를 반복하는 마존의 신형.

그리고 어김없이 신형이 나타난 곳에는 혈마강시들이 있었고, 그들은 마존의 손에 의해 내동댕이쳐졌다.

순식간에 사방에 모습을 보인 마존의 잔상들은 마치 실체를 보는 것 같았다.

왜냐하면 동시에 각기 다른 공간에 있던 혈마강시들이 팽개쳐졌기 때문이다.

풍뢰보의 오의가 제대로 발동되는 순간이었다.

문제는 그 혈마강시들이 구르는 지역이었다.

지금 이 지역을 포위하고 있는 이들은 모조리 사황성의 졸개였다.

마존은 아군이 다칠까 봐 신경을 쓸 필요가 없다는 말이다.

그러니 되는 대로 혈마강시들을 날려 버려도 상관이 없었다.

그 때문에 사황성 무사들의 피해가 구르는 눈처럼 커지는 중이었다.

아비규환의 현장에서 사황성의 무사들은 날아오는 혈마강시에게 맞아서 죽는 이보다 떨어지던 혈마강시가 마존에게 다시 달려드는 과정에서 충돌하여 죽는 이가 더 많았다.

왜냐하면 지금 혈마강시에게 내려진 명령은 마존을 사로잡으라는 것이기 때문이다.

이전의 격돌만으로 마존을 평가했기 때문이다.

그렇다고 흑사 등이 방심한 것은 아니었다.

방심했다면 마승에게 혈마강시를 달랑 하나만 보냈겠는가?

그들은 검보다는 마존에게 초점을 맞춘 작전이었다.

하지만 방심하지 않았다고 해서 모든 일이 생각대로 되는 것은 아니었다.

"이런 실수를!"

그제야 뭔가 생각이 난 듯이 흑사가 자신의 머리를 쳤다.

"뭐냐?"

적룡이 왜 그러냐는 듯이 흑사를 바라봤다.

"가문회!"

"아! 섬전십팔수!"

처음 마존이 그놈이란 것을 알자마자 떠올렸어야 했다.

나중에라도 마존이 검을 넘길 때 알아차려야 했다.

그랬다면 더욱 경계를 하였을 것이다. 검이 있든 없든 말이다.

만약 그것을 알았다면 혈마강시를 모두 마존에게 집중시킨 뒤 마승에게는 떨거지들과 함께 사황성의 정예를 같이 투입했을 것이다.

～했다면…….

다 부질없는 생각이었다.

그리고 그렇게 한다고 하여도 달라지는 것은 별로 없었을 것 같았다.

마존은 현재 마승과 검은 아예 신경도 쓰지 않고 있었으니
까.

"어떻게 할 테냐?"

귀견수의 질문에 흑사가 이마를 짚었다.

뭘 어쩌란 말인가?

이미 그가 어쩔 수 있는 수준은 넘어선 지 오래였다.

귀견수나 적룡도 그것을 알 수 있었다.

지금 저곳에 자신들이 데려온 정예를 투입하는 것은 굴러다
니는 시체를 더해줄 뿐이었다.

아예 신경을 쓰지 않는 것이 더 나았다.

"명령을 바꾼다. 놈을 제압하는 것보다는 차라리 죽여 버리
는 것이 나을 것 같다."

사존의 방화범에 대한 원한을 알고 있는 그들은 마존을 사
로잡고 싶었다.

하지만 그것이 쉬워 보이지 않았다.

자칫 이러다가 놓쳐 버린다면 그것은 그것대로 크나큰 낭패
였다.

그렇기에 적룡과 귀견수는 이견을 달지 않았다.

"진즉에 이럴걸."

마존은 검이 없어도 불편하지 않았다.

아니, 오히려 더욱 자유로워졌다.

스스로도 새로운 사실을 알아가는 중이었다.

강함에도 여러 가지가 있다는 것을.

"왜 스승님이 강했다고 생각했는지 알겠군."

혈마강시들의 합공에 대항할 때는 죽음을 떠올릴 정도로 밀렸었다.

아니, 수비를 통해 공격을 할 정도로 상대가 되지 않았다.

그런데 지금은 어떠한가?

자신이 혈마강시들을 마음대로 주무르고 있었다.

"웃!"

어느새 달려든 혈마강시 하나가 머리를 향해 손가락을 휘둘렀기에 급히 피했지만, 그 손가락이 남기고 간 경기로 인해 관자놀이 부분이 찌릿찌릿했다.

이놈이 문제였다.

자신이 풍뢰보로 만들 수 있는 잔상의 한계는 네 개였다.

그 상황에서 마승에게 달라붙은 한 놈을 제외하고 아홉 구가 남았는데, 네 구씩 처박으면 꼭 한 놈이 남았다.

그놈이 이렇게 가끔 위협적인 공격을 가했다.

"상호야, 준비해라."

마존이 혈마강시들을 집어 던진 덕분에 포위망은 더 멀어졌고 엉성해졌다.

궤멸 직전인 곳도 있었다.

그렇다고 그곳을 향해 지원군이 오지도 않았다.

오히려 그쪽에 포위하고 있던 이들은 서로 달아나려고 안달인 상황이었다.

마존의 전음을 들은 유상호가 마승을 힐끗 돌아보았다.

"허~"

감탄의 목소리가 절로 나올 정도였다.

곽정을 등에 업은 마승은 거의 포위망을 벗어나는 모습이었다.

그 뒤를 혈마강시 하나가 만신창이가 되어 쫓아가고 있었고, 사황성의 무리도 이십여 명이 따라붙고 있었지만 잡힐 것 같지는 않았다.

워낙 마승의 경공이 빠른 덕분도 있었지만, 포위망 자체가 너무도 허술하였고 막고자 나서는 이들의 무공이 마승에게 훨씬 못 미친 탓이었다.

포위망을 구축하다가 달려오는 사황성의 무사들을 밟아대며 그것으로 추진력을 얻고 있는 마승이었다.

아무튼 마승의 그런 모습에 감탄할 여유를 얻게 된 것은 마존의 활약 탓으로 얻어진 마음의 여유 때문이었다.

"마승이란 놈이 도망갑니다!"

여명진이 소리쳤지만, 흑사 등은 아예 신경도 쓰지 않았다.

"마승이……."

"닥쳐!"

돌아온 것은 모멸감뿐이었다.

여명진으로서는 마승이 살아 돌아감으로 인해 혈련이 준비할 시간을 벌지 못할까 걱정이 되었던 것이겠지만, 흑사 등에게 그따위 것은 상관이 없었다.

혈마강시 아홉 구를 장난감 가지고 놀듯이 패대기치고 있는 마존이 그들의 유일한 관심사였다.

현재 마존이 그 방화범이든 만마성의 주인이든 하는 것도 중요하지 않았다.

무슨 수를 쓰든 지금 이 자리에서 죽이는 것이 중요했다.

당장 불구대천의 원수가 옆을 지나가더라도 마존을 죽이는 것이 먼저였다.

게다가 마존은 유상호만 신경을 쓰고 있었고, 마승은 거들 떠도 보지 않는 상태였다.

만일 유상호가 도망을 가는 중이라면 어떻게 해서든 막겠지 만, 마승 따위는 가든지 말든지 신경을 쓸 상황이 아닌 것이다.

이미 두 구의 혈마강시가 머리가 으깨진 채로 쓰러져 있었 다.

그들이 다시 살아나는 일은 없을 것이다.

신체를 붙이려 해도 그것을 명령할 머리가 없으니까.

"막아!"

전황을 살펴보고 있던 흑사가 놀라서 소리쳤다.

한동안 혈마강시들을 패대기치고 있던 마존이 싸움 방식을 바꿨기 때문이다.

그동안은 자신을 공격하는 혈마강시들을 손으로 제압해 던 졌다면 지금은 아주 막강한 무기를 이용해 파죽지세로 포위망 을 돌파하는 중이었다.

"저, 저… 뭣들 하느냐! 어서 놈을 막지 않고!"

뒤를 향해 고함을 지른 흑사가 마존을 향해 신형을 띄웠다.

그가 몸을 날리는 곳에서는 마존이 혈마강시 하나를 잡고서 몽둥이 휘두르듯 휘두르고 있었다.

다리가 하나뿐인 놈이었는데, 마지막 남은 다리의 발목을 마존이 쥐고 있었다.

양팔은 이미 너덜너덜해져서 그 기능을 상실한 것 같았고, 허리를 굽혀 마존을 공격하는 것도 워낙 무식한 속도로 휘두르는 바람에 쉬워 보이지 않았다.

그렇게 무식하게 공격을 퍼부으며 마존은 광소를 내뱉고 있었다.

어느새 마승을 쫓던 혈마강시도 추적을 멈추고 마존에게 달려들고 있었다.

이렇게 마존이 광란의 춤을 출 때 그를 바라보는 시선이 있었다. 그러나 그것은 사황성의 무사가 아니었다.

전장에서 아주 멀리 떨어져 있었으니까.

"크하하하하하하! 죽어라!"

연신 혈마강시를 휘두르는 마존은 이미 포위망에 들어선 후였다.

혈마강시들은 튕겨 나간 족족 다시 마존에게 달려들었지만, 그가 휘두른 혈마강시 몽둥이(?)에 맞고 날아가는 것이 전부였다.

이것은 즉흥적인 생각이었다.

아무리 던져도 즉각적으로 일어나 덤벼드는 혈마강시들 때문에 유상호를 피하게 할 시간적 여유가 생기지 않았었다.

마승에게 검을 준 것이 순간 아쉬워졌다.

혈마강시의 몸뚱이가 워낙 단단해서 어지간한 무기는 그냥 치는 것만으로는 충격을 줄 수 없었기 때문이다.

그대로 부러지는 것이 전부였다.

제대로 혈마강시에게 충격을 주려면 강기를 실어야 했다.

하지만 그렇게 했다가는 내공 고갈로 진즉에 골로 갔을 것이다.

그것이 아니더라도 혈마강시를 공격했을 때 느껴지는 반탄력으로 내부가 진탕되어 싸울 수 없는 지경에 처했을지도 몰랐다.

그것을 보호하기 위해서라도 무기와 몸에 강기를 두르고 공격해야만 했다.

그런 모든 것들이 섬전십팔수를 이용해 패대기치면서 사라진 것이다.

그렇다고 마존이 유리한 것도 아니었다.

혈마강시는 땅바닥에 몇 번 뒹굴었다고 아픔을 느끼거나 뼈가 부러지거나 마존에게 두려움을 갖지 않는다.

한마디로 마존만 피곤하다는 말이다.

현 상황을 타개하기 위해서는 뭔가 다른 공격법이 필요했는데, 손에 수강을 일으켜 공격을 하는 것은 힘들었다.

수강으로 혈마강시를 공격하는 동안 풍뢰보의 균형이 깨지기라도 한다면 혈마강시를 놓칠 수 있기 때문이다.

그런 상황이 된다면 유상호가 위험해질 수 있었다.

지긋지긋한 혈마강시는 땅에 부딪침과 동시에 신형을 날려오고 있었다.

그 와중에 사황성의 포위망이 무너지고 사황성의 무리가 죽어나가는 것은 반가운 일이었지만, 유상호가 빠져나갈 시간을 벌 수 없다는 것이 문제였다.

만일 마존이 내팽개친 놈이 도망치는 유상호에게 따라붙는다면 분명 유상호로서는 막기 힘들 것이니까.

'검이 있었다면…….'

집 나간 마누라 그리워한다고 당장 돌아올 리 없었다. 빨리 새 마누라 얻을 생각을 하는 것이 나았다.

마지막 힘을 다해서 혈마강시들을 처리한다면 유상호가 도망칠 시간을 벌 수 있을 것 같았는데, 그러자면 손 말고 다른 무언가가 필요했다.

그저 단단하기만 한 검이 그리웠다.

쾅!

다시 한 놈을 패대기치면서 문득 혈마강시의 단단함을 다시 깨달았다.

"빌어먹을 것들, 무지하게 단단하네!"

단단한데다 강기로 공격을 하든 수비를 하든 간에 느껴지는 반탄력도 최고였다.

“저런 무기만 있다면…….”

그때 문득 그의 뇌리를 스치는 생각.

거기다 고맙게도 마침 다리가 하나밖에 없는 놈이 펄쩍 뛰어 자신을 공격하려는 찰나였다.

여기서 생각을 잘해야 했다.

현재 자신을 노리고 몸을 날리는 혈마강시는 모두 다섯이었다.

나머지 넷은 현재 땅에 처박혀 있는 상태였다.

이들 다섯 중에서 넷을 풍뢰보를 이용해 처박고 나머지 하나를 피한 후에 다시 덮쳐 오는 혈마강시 넷을 처리해야 했다.

이것이 지금까지 마존이 한 방식이었다.

지금 다시 검을 든 것처럼 혈마강시를 이용해 싸우려면 풍뢰보를 포기하고 혈마강시를 상대해야 했다.

그랬다가 처음처럼 합공을 당한다면 서서 공격을 막다가 죽는 수가 생길 수도 있었다.

머리를 잘 굴려야 했다.

현재 네 구의 혈마강시를 동시에 패대기칠 수 있던 것은 풍뢰보도 한몫을 했지만, 그보다 패대기치면서 그 힘을 이용해 몸을 빠르게 움직이는 수법이 있기 때문이었다.

만일 혈마강시를 휘두른다면 이런 모든 것이 사라지는 것이다.

‘어떻게 한다?

슬쩍 바라보니 마승은 곧 전장을 이탈할 것 같았다.

그리고 보아하니 저들은 마승보다는 자신과 아들을 더욱 중요시한다는 생각을 하였다.

어찌 보면 당연한 것이리라.

마승의 경우는 혈마강시 둘만 있다면 끝장을 낼 수 있을 것으로 보였으니까.

아니, 지금 대기하고 있는 사황성의 정예만 투입을 한다고 하여도 마승은 버티지 못할 것 같은 모습이었다.

그렇지만 그렇게 하지 못하는 것은 마존 때문이었다.

혈마강시와 싸우는 와중에 틈을 노리는 것이었는데 그것이 여의치 않아서 최소한 탈출하는 구멍을 막고자 사황성의 정예는 현재 마존을 둥글게 에워싸고 있었다.

그것도 마존이 혈마강시들을 집어 던지기에 멀찍이서 포위하고 있는 형국이었다.

그 포위망도 현재 마존이 슬금슬금 조금씩 전진하면서 혈마강시들을 던져 내고 있었기에 그 형태가 일그러지고 일부 가까운 곳은 아수라장이 된 상태였다.

그렇기에 정예 무사를 한 명이라도 다른 곳으로 뺄 여유가 없었다.

그들이 그렇게 해결책을 찾지 못할 때 마존이 빠져나갈 구멍을 찾은 것이다.

'한번 해보자!'

이래 죽나 저래 죽나 마찬가지였다.

결심을 굳힌 마존이 처음 한 번의 기회는 넘겼다.

다리가 하나밖에 없는 놈이 공격을 했지만, 그 공격을 피하며 다시 한 번 주위를 훑어보았다.

가능성이 보였다.

"상호야, 준비해라."

이제는 모험을 할 시간이었다.

유상호에게 전음을 날린 마존이 그를 바라보자 멍청하게도 마승에게 시선을 돌리고 있었다.

"그따위 놈에게 왜 신경을 쓰고 지랄이야!"

한심하다는 생각이 들었다.

지금 마승에게 신경 쓸 겨를이 어디 있나?

이렇게 멍청한 놈이었나 하는 생각이 들자 자신이 너무도 일찍 성주 자리를 넘겨줬다는 생각이 들었다.

"죄, 죄송합니다."

주눅 든 유상호의 전음이 바로 들려왔다.

"두 번 다시 기회가 온다는 보장이 없다. 길이 보이면 무조건 달려라. 주위에 천라지망이 있을 수도 있으니 최대한 조심하고. 나머지는 너의 역량에 달려 있다는 것을 명심해라."

마존의 입장에서는 마승이 빠져나가는 것이 더 좋은 일이었다.

그렇게 된다면 유상호에게 쏠리는 관심이 조금이나마 줄어들 것이니까.

"간다!"

마존이 전음을 날리고는 바로 행동에 들어갔다.

다시 자신을 향해 달려드는 혈마강시를 사방으로 분산하여 패대기친 것이 아니라 자신의 앞쪽으로 몰아서 던진 것이다.

역시나 던지자마자 이전에 날아갔던 네 구의 혈마강시가 달려들고 있었고, 그들보다 조금 빠르게 다리 하나 남은 혈마강시가 마존의 목덜미를 향해서 손을 찔러왔다.

그런 혈마강시의 손을 홱 낚아채더니 그 힘을 이용하여 신형을 이동시킨 후에 이내 하나 남은 다리의 발목을 붙잡았다.

만일 혈마강시가 정상적인 사고를 할 수 있었다면 마존의 변화에 능동적으로 대처했을 것이다.

하지만 혈마강시는 마존의 이러한 행동에 의미를 부여하지 못했고, 그 결과는 사황성에게 재앙으로 다가왔다.

일단 먼저 나가떨어졌던 혈마강시들이 다가오자 그녀들을 향해 발목을 잡힌 혈마강시를 휘둘렀다.

쾅! 쾅! 쾅! 쾅!

거의 동시에 네 개의 폭음이 터져 나왔고, 마존을 향해 달려들던 혈마강시는 이제까지와는 다른 충격을 받으며 날아갔다.

그중 하나는 머리를 잘못 맞았는지 목 윗부분이 완전히 날아가 버렸다.

같은 혈마강시끼리의 충돌이었기에 파괴력이 증폭된 모양이다.

아무튼 그와 동시에 마존도 지금까지 한자리에서 혈마강시를 맞던 것을 버리고 혈마강시가 날아간 포위망으로 신형을 날렸다.

“지금이다! 섞여들어!”

마존의 전음을 받은 유상호가 같이 몸을 날려 아비규환이 된 포위망에 신형을 묻었고, 마존은 손에 든 혈마강시를 미친 듯이 휘두르며 주위를 아수라장으로 만들었다.

第三章
임기응변의 무한함

"막아! 놈을 막아!"

소리를 지르고 있지만, 흑사 자신도 마존에게 다가가기가 쉽지 않은 상태였다.

달려드는 혈마강시들조차도 마존이 휘두르는 혈마강시에 의해 걸레가 된 상태였다.

인간의 몸뚱이로는 아예 막을 수조차 없었고, 잘 드는 칼이라고 해도 수수깡처럼 부서져 나갔다.

검기를 씌워도 마찬가지였다.

혈마강시의 강함이 오히려 독이 되는 순간이었다.

혈마강시에게 상처를 입히려면 최소한 검강을 발현해야 하는데, 지금 있는 이들 중에서 그럴 수 있는 이들이라고는 흑사,

적룡, 귀견수뿐이었다.

그들도 완전한 검강이 아닌, 억지로 쥐어짜 낸 무리한 검강이 전부였다.

지금과 같은 아수라장에서 그런 무리수를 둔다는 것은 죽여 달라고 비는 것과 같은 것이었다.

그러다 혹시라도 혈마강시에 강타당한다면 내부가 진탕되어 내공이 역류하는 현상을 겪을 수도 있기 때문이다.

이미 유상호의 모습은 전장에서 보이지 않았다.

그는 서로가 살려고 발버둥 치느라 뿔뿔이 흩어지는 사황성 무리에 섞여 자리를 벗어났다.

마존이 혈마강시를 전면으로 패대기치면서 후방은 그나마 안전한 곳이 되었고, 그곳으로 서로 가려고 난리를 쳤다.

그 소란을 틈타 모습을 감춘 것이다.

삼백여 명의 인원이 살자고 발버둥 치는 곳에서 은밀히 움직이는 유상호를 찾기란 힘들었고, 또 그에게 신경을 쓸 수도 없었다.

마존이 워낙 난리를 치고 있기 때문이었다.

게다가 유상호가 전장에서 멀어질 무렵 전음을 보내왔고, 그다음부터는 사방으로 혈마강시를 쳐내는 중이었다.

마승의 모습이 사라진 것은 벌써 오래되었다.

이제 남은 것은 마존뿐이었다.

그렇지만 상황은 최악이었다.

흑사의 통제가 먹히지 않기 때문이었는데, 그것은 혈마강시의 적아를 가리지 않는 무식한 공격 방식으로 인해 사황성에 대한 불신이 자리 잡은 탓이었다.

거기다 이미 백여 명이 훌쩍 넘는 피해가 발생했다.

실제로 따지면 남아 있는 인원이 훨씬 많고 정예도 투입이 되었기 때문에 오히려 사정은 더 나아졌다고 할 수 있었지만, 흑사의 가지치기가 너무나 가혹했다.

남은 무사들은 더 이상 마존에게 적극적으로 달려들지 않았다.

아니, 도망가기에 바빴다.

"공격을 하란 말이다!"

옆으로 빠져나가려는 무사를 잡아 마존에게 던지는 흑사였지만, 그 모습은 오히려 반감을 불러왔다.

이제는 아예 대놓고 사방으로 뿔뿔이 흩어지면서 도망을 치고 있었다.

그때 다른 혈마강시와 충돌한 마존의 손에 붙들린 혈마강시가 축 늘어졌다.

그것을 본 흑사가 기회를 잡았다는 듯이 외쳤다.

"죽여!"

흑사 자신이 검을 들고 마존을 향해 달려들며 외쳤다.

무리를 한 것인지 그의 검에서 검강이 불을 뿜고 있었다.

그를 위시해서 귀견수와 적룡도 몸을 날렸고, 남아 있던 사황성의 정예들도 몸을 날렸다.

아니, 이미 그들을 제외하고는 마존의 주위에 남아 있는 이들이 없었다.

그런 그들을 흘깃 돌아본 마존이 손에 든 혈마강시를 바라봤다.

머리가 터졌는지 목 위는 보이지 않았다.

축 늘어진 몸에서는 어떠한 기운도 느낄 수 없었다.

혈마강시가 다른 강시와 다른 점이 바로 이것이었다.

다른 강시는 머리가 없더라도, 이미 죽어버렸더라도 그 몸이 가졌던 단단함을 잃지 않았다.

한 번 강시가 되면 죽어서도 그 몸이 정상으로 돌아오지 않는다는 말이었다.

그러나 혈마강시는 달랐다.

신체를 통제하는 머리가 사라지면 그저 쓸모없는 몸뚱어리가 되었다.

이것은 약물에 의한 힘보다는 주술에 의한 힘이 더 강하다는 것을 말해주는 것이었다.

몸 자체를 변화시키는 것이 아니라 정신에 의한 통제로 몸을 변화시켰다.

그렇기 때문에 음마화를 먹고 죽은 지 얼마 되지 않는 시체만이 유용하였다.

사실 음마화는 신체를 죽은 것으로 보이게 만들지만, 죽은 것이 아니었다.

사존이 부하들을 철수시키며 음마화를 복용한 이들이 오래

되면 쓸모없어진다고 말한 것은 이 때문이었다.

지금도 혈마강시들은 죽은 시체가 아니라 살아 있는 사람이었다.

한마디로 산 사람을 강시로 만들어놓은 활강시가 바로 혈마강시였다.

머리가 사라진 지금 마존의 손에 들린 혈마강시는 그저 한 구의 시체에 지나지 않았다.

여리디여린 여인의 몸을 가진.

마존이 빠르게 주위를 둘러보자 자신을 향해 달려오는 혈마강시 여섯 구와 사황성 놈들이 보였다. 마존이 날뛰는 와중에 그나마 혈마강시의 숫자가 대폭 줄어든 것이다.

"좋지 않군."

무지하게 안 좋았다.

혈마강시를 다시 잡으려고 해도 남은 것들은 두 다리가 멀쩡한 것들뿐이었다.

만일 남은 한 다리가 마존을 걷어차기라도 한다면 일은 악화일로를 걸을 수밖에 없으리라.

"훗!"

왜 웃음이 나는지 알 수 없었다.

하지만 지금 이 상황에 웃는 것 말고는 달리 할 일도 없었다.

그런 마존을 향해 혈마강시와 사황성의 정예가 독기를 품고 달려들었다.

그래도 해야 할 일은 해야 했다.

유상호가 이 자리를 벗어났다고 하여도 아직 안심할 단계는 아니었다. 중경과 반대 방향으로 이들을 이끌고 가야 하는 것이다.

자신을 향해 독기를 품고 달려드는 사황성의 정예들을 피해 가며 조금씩 조금씩 서쪽으로 방향을 잡았다.

*　　*　　*

"헉, 헉, 젠장! 이 빌어먹을 악귀들아!"

자신을 향해 손을 뻗는 혈마강시를 바라보며 진저리를 치는 마존이었다.

학습 효과라도 있는 것일까?

마존이 두어 번 혈마강시를 무기로 휘두르자 살아남은 혈마강시들은 마존의 손에 잡히지 않기 위해 피해 다니면서 공격하고 있었다.

그러자 이제는 쉽사리 혈마강시를 잡을 수 없는 마존이었다.

거기다 사황성의 정예들이 틈나는 대로 마존을 향해 암기를 뿌리고 공격했기에 기회가 와도 어쩔 수 없이 손을 거두는 경우도 있었다.

혈마강시가 없다면 사황성의 정예들을 따돌리는 것은 일도 아니었다.

하지만 혈마강시들의 순간속도는 마존이 내는 속도와 거의 비슷했다.

풍뢰보는 짧은 거리에서나 효용을 발휘하는 보법이었기에 그것을 가지고 혈마강시들을 따돌리기에는 무리가 있었다.

아직도 여섯 구의 혈마강시가 쌩쌩한 모습으로 마존을 향해 갈고리 같은 손을 내밀고 있는 중이었다.

"웃!"

그것을 피하자마자 이번엔 검기가 그의 등을 훑고 지나갔다.

"이런 썅!"

호신강기를 발할 정도의 내공은 남아 있지 않았다.

화끈거리는 통증이 등 전체에 걸쳐서 그를 괴롭혔다.

그의 온몸은 피투성이였고, 상처로 뒤덮여 있었으며, 암기도 몇 개 달라붙어서 덜렁거리고 있었다.

고의라 부르기에도 민망할 정도의 천조가리 하나만 달랑 걸치고 있는 마존은 이제 조금만 더 공격을 받으면 알몸으로 싸울 지경이었다.

"개자식!"

막 자신의 등을 훑고 간 검기 주인의 머리채를 휘어잡은 마존이 그를 막 달려들던 혈마강시에게 던졌다. 그리고 자신은 그 힘을 이용해 빠르게 그 자리를 벗어났다.

"크악!"

"어라?"

그 모습을 본 마존의 눈이 반짝였다.

유상호에게 시간을 벌어주고자 서쪽으로 움직이려 노력한 덕분에 마존은 아직까지 난전을 펼치지 못했다.

만일 사황성 무리 속으로 뛰어들어 난전을 펼쳤다면 혈마강 시들이나 사황성 무사들의 움직임이 둔해졌을 것이다.

하지만 그렇게 하지 못했기에 포위당하지는 않았지만, 혈마 강시와 사황성 무사들의 연환 공격에 시달려야 했다.

그러던 차에 사황성의 무사를 혈마강시를 이용해 죽이고 나 자 시야가 좀 트였다.

오로지 시간을 벌어야 한다는 생각에서 조금 벗어난 것이 다.

힐끗 보자 아직도 자신을 죽이려 쫓아오는 바글바글한 사황 성의 무사들이 보였다.

대충 보아도 처음 쫓아오던 숫자와 비슷하단 생각이 들었 다.

'나만 죽이면 된다는 생각이군.'

그렇다. 마존의 생각은 기우였다. 사황성은 애초부터 마승 이고 유상호고 관심이 없었던 것이다. 마존을 죽이기 위해 모 든 역량을 쏟고 있었다.

유상호가 마존의 아들일 수도 있지만, 가능성을 가지고 판 단하기엔 현재의 상황이 너무도 심각했다.

그리고 마존의 예상치 못한 기습으로 인해서 전열이 흐트러졌고, 혈마강시도 피해를 입었기 때문에 그곳으로 눈을 돌릴 시간이 없었다.

하지만 무엇보다도 가장 큰 영향을 끼친 것은 흑사의 직접적인 전투의 참여였다.

조급함을 느낀 그가 사황성의 모든 정예를 투입하여 혼전이 벌어졌고, 그 틈을 타서 유상호 등이 무사히 빠져나갈 수 있었던 것이다.

만일 그가 처음처럼 싸움을 관조하면서 조금 더 느긋하게 대처했다면 어떻게 될지 알 수 없는 일이었다.

아니, 그가 유상호의 존재감을 알아챘다면 싸움의 양상은 달라졌을 것이다.

'한번 해보자!'

마존이 마음을 먹었다.

"컥!"

마존에게 손을 잡힌 무사 하나가 혈마강시에 의해서 두 조각으로 갈라졌다.

그 순간 이미 마존은 다른 무사의 머리카락을 잡고 있었다.

"헉!"

마존의 손이 다가온다고 느낀 무사가 피하려 했지만, 아무리 마존이 지쳤다고 해도 쉽사리 피할 수 있는 손놀림이 아니었다.

그 무사도 역시 따라오는 혈마강시의 먹이가 될 수밖에 없었다.

상대를 던지는 힘을 이용해 더 빠른 속도로 사황성 무사들 사이를 누비는 마존이었다.

피와 살점이 난무하고 비명 소리가 산속을 가득 메웠다.

"흩어져!"

흑사 등이 소리를 질렀지만 헛수고였다.

사황성의 무사들보다 마존의 신형이 더 빨랐던 것이다.

"크흐흐흐, 이게 바로 나지."

마존 자신이 수고를 할 필요는 없었다. 혈마강시는 자신들에게 날아오는 것들을 얌전히 받아주는 것들이 아니었으니까.

무사들이 뿔뿔이 흩어진 덕분에 마존의 시야가 확 트였다.

드디어 혈마강시를 뒤에 매달고 달릴 수 있게 된 것이다. 아무런 제지 없이.

"어디 쫓아올 테면 쫓아와 봐라."

유상호가 없는 지금, 거리낄 것이 없는 마존이었다.

바람처럼 달리는 마존의 뒤로 혈마강시들이 그의 그림자마냥 쫓아가고 있었다.

"쫓아!"

흑사의 명령에 사황성의 무사들이 달리고는 있었지만, 그 기세는 완전히 죽어 있어 마치 패잔병의 그것과 같았다.

선두에 서서 달리고 있는 흑사의 마음도 편치 않은 것은 당연했다.

'빌어먹을!'

훗날의 도모고 뭐고 여기서 죽지 않는다면 돌아가서 죽을 것은 눈에 보이듯 뻔한 상황이었다.

그러나 더욱 심각한 문제가 있었으니, 마존의 속력을 따라갈 수가 없다는 데 있었다.

이전까지야 마존과 혈마강시가 엎치락뒤치락하는 바람에 그것을 이용해 따라잡을 수 있었지만, 지금은 아주 죽어라 도망만 가는 상황이었으니 그의 경공 실력으로 마존을 따라붙는다는 것은 힘든 일이었다.

십 장, 이십 장, 삼십 장…….

차이는 점점 벌어지고 있었고, 산허리를 도는 마존과 혈마강시를 본 흑사의 얼굴에 낭패한 기색이 떠올랐다.

그의 시야에서 순식간에 사라졌기 때문이다.

혈마강시를 부를까 생각했지만, 그랬다가는 마존을 완전히 놓쳐 버릴 우려가 있었기에 일단 최대한 속도를 높여 쫓는 것에 중점을 두었다.

쾅! 쾅! 콰쾅!

폭음이 들리는 것으로 보아서 마존과 혈마강시와의 싸움이 벌어진 모양이었다.

"됐다!"

혈마강시와 마존 사이에 싸움이 붙었다면 당연 걸음은 멈춰질 터, 따라잡을 수 있는 시간을 번 것이다.

물론 따라잡는다고 뾰족한 수가 있는 것은 아니었다. 그렇지만 완전히 놓쳐 버리는 것보다는 훨씬 나은 것은 당연했다.

그사이에도 폭음은 계속 들려오고 있었고, 거리가 가까워 올수록 그 소리는 더욱 커져만 갔다.

그리고 막 산허리를 돌았을 때, 흑사를 기다리고 있는 것은 텅 빈 공간과 적막뿐이었다.

"이… 이게……."

깎아지른 듯한 절벽. 백여 장은 됨직한 절벽이었고, 그 밑으로는 계류가 흐르는 것이 보였지만, 어디에도 마존이나 혈마강시의 모습은 보이지 않았다.

휘이잉~

절벽에 솟아오른 바람이 그의 전신을 싸늘히 훑고 지나갔다.

"돌아오너라!"

내공을 실어서 크게 외쳤지만 메아리만 울려 퍼졌다.

"돌아와~"

그의 외침에서 처량함마저 느껴졌다.

당황하기는 귀견수 등도 마찬가지였다.

일단 이곳의 책임자로 온 것이 흑사였기에 자신들이 추궁을 당할 가능성은 적었지만, 그래도 문책을 받을 것은 자명한 일이었다.

"어떻게 할 거냐?"

굳건히 이어오던 네 사람의 우정이 깨질 수도 있었다. 책임 공방이 벌어지면 세 사람은 무조건 흑사의 잘못으로 몰아가야 하고, 또한 그것이 사실이기 때문이다.

“쫓는다.”

비장함이 물씬 느껴지는 흑사의 음성. 그도 자신의 처지를 알고 있으니 돌아가서 문책을 당하는 것보다는 차라리 마존을 쫓다가 죽는 것을 택한 것이다.

마존을 쫓다 죽으면 가족들이라도 무사하겠지만, 문책을 당한다면 가족들의 생사도 장담할 수 없었다.

*　　　*　　　*

“이크!”

산허리를 돌자마자 나타난 절벽 때문에 기겁을 한 마존이었다.

있는 힘껏 발을 구른 덕분에 이미 그의 몸은 절벽을 벗어난 후였다.

힐끗 뒤를 바라보자 자신의 뒤를 따라 혈마강시들이 절벽을 향해 뛰는 것이 보였다.

‘이것들이 허공에서도 그렇게 빨리 움직일까?

궁금증은 머리만 굴린다고 풀리는 게 아니라는 것을 알고 이미 여섯 살 때부터 실천을 해오고 있는 마존이다.

─똥을 안 싸면 죽을까?

겨울에 뒷간 가는 것이 너무나도 싫었던 마존의 생각이었고, 실천을 한 결과 얻은 교훈은 안 싸면 죽을지 안 죽을지 몰라도 너무 참았다가 가면 죽을 만큼 아프다는 것이었다.

그 크고 딱딱한 덩어리를 내보내느라 조금 찢어졌었다.

이런 황당한 궁금증도 많았지만, 호기심은 삶의 원동력이자 고치지 못하는 불치병이었다.

아무튼 마존은 그런 의문이 들자마자 자신의 발등을 밟고는 빠르게 신형을 움직여 가장 가까이 다가온 혈마강시를 향해 날아갔다.

마존이 다가가자 혈마강시가 그를 잡으려 손을 움직였지만, 그저 허우적대는 것에 지나지 않았다.

톡.

회심의 미소를 지은 마존이 혈마강시의 머리를 발로 살짝 건드리면서 그 힘을 이용해 뒤이어 따라오던 혈마강시를 향해 쏘아졌다.

쾅!

강기를 가득 담은 발이 혈마강시의 머리를 터뜨리자 몇 번 허공을 향해 손을 움직이더니 그대로 멈췄다.

그것이 시작이었다.

혈마강시의 머리를 터뜨린 마존이 아까 머리를 밟았던 혈마강시를 이용해 다시 허공으로 떠올랐다. 그 혈마강시에게는 결코 큰 힘을 주지 않았다. 그가 힘을 주는 순간은 공격을 하는 바로 그 시점뿐이었다.

마존이 같은 방법으로 혈마강시를 네 구나 죽음으로 이끄는 동안 혈마강시들은 허공에서 마존을 잡으려는 헛된 움직임을 하는 것이 전부였다.

이제 밑에서 떨어지는 놈과 위에서 떨어지고 있는 놈 딱 둘만 남았다.

이제 봐줄 것이 없는 마존이 다리에 강기를 잔뜩 머금고는 밑에 있는 놈의 뒤통수를 밟았다.

쾅!

혈마강시의 안면이 터져 나가며 피가 확 뿜어졌다.

첨벙!

마존에게 얻어맞은 혈마강시가 계류 속으로 사라졌다.

그 힘을 이용해 떨어지는 놈을 향해 쇄도한 마존이 발에 강기를 담아 힘껏 올려쳤다.

역시나 머리가 터져 나가며 뼈와 살, 피와 뇌수가 허공으로 퍼졌다.

실로 허무하게 혈마강시 여섯 구가 사라지는 순간이었다.

풍덩!

마존도 어쩔 수 없이 물에 빠졌다.

뒤쪽에서 사황성 무리가 쫓아오고 있다는 것을 알았기에 더 이상의 싸움은 피하고 싶었던 것이다.

유상호를 보내기는 했지만, 무사히 빠져나갔는지도 걱정이 되었기에 서둘러 그를 찾아가기로 마음먹었다.

'일단 이곳을 벗어난 후에……!'

뜨거운 무언가가 몸을 뚫고 지나가는 느낌.

등을 파고드는 이질감을 느낀 마존이 서둘러 몸을 틀면서 근육을 긴장시키고 내공을 돌려 그것을 막아냈다.

퍽!

반사적으로 휘두른 팔에 걸리는 것이 있었다.

살짝 모로 기울어진 머리.

안면은 형체를 알아볼 수 없을 정도로 망가져 있었고, 눈알도 어디로 갔는지 보이지 않았다.

살짝살짝 보이는 흰 물체는 뇌가 분명했다.

그럼에도 징글맞을 정도로 강한 생명력을 가진 채 다시 다른 손을 찔러오고 있는 그것.

바로 혈마강시였다.

찔러오는 손을 잡은 마존이 남은 손으로 혈마강시의 목을 움켜쥐었다.

혈마강시도 놀지 않았다. 마존의 등을 찌르고 있던 손을 빼내려고 했던 것이다. 하지만 마존이 더 빨랐다.

목을 잡은 손이 붉게 물들더니 혈마강시의 목이 우그러들었다.

콰직!

결국 마존이 손을 완전히 움켜쥐었고, 혈마강시의 목이 몸에서 분리되었다.

천천히 빠져나가는 혈마강시의 손. 그곳에서 붉은 선혈이 흘러나오며 계류를 붉게 물들였다.

'빌어먹을!'

방심은 항상 예상치 못한 결과를 불러온다는 것을 알면서도 실천을 하지 못해 이 꼴을 당한 것이다.

서둘러 지혈을 한 마존이 흐르는 계류에 몸을 맡겼다.

그의 눈에 저 멀리서 떨어지고 있는 인영들이 보였다.

'거머리 떼냐?'

저것들도 끈질기기는 마찬가지였다.

상처 입은 등의 피는 멎었지만, 아픔은 가시지 않았다. 하지만 이 정도 아픔은 예전에 질리도록 맛본 마존이었다.

"크크크, 오랜만이군. 쿨럭!"

기침 속에 피가 섞여 있다.

얼마 만에 느껴보는 육체의 아픔이던가.

마문 시절, 사황성과 싸울 때는 몸에 병장기 몇 개 정도 꽂고 싸우는 것은 일상다반사였다.

그러고도 죽지 않은 것이 신기할 따름이었다.

생사의 고비를 몇 번이나 넘기면서 그의 육체는 더욱 단단해지고, 질겨지고, 강해졌다.

물론 그 이면에는 마의가 있었지만.

풍덩! 풍덩! 풍덩!

사황성의 무리가 기어코 계류에 떨어진 모양이다.

"즐거운 시간을 가져 보자꾸나."

떨어지는 사황성 무사들을 보면서 마존의 입가에 미소가 떠올랐다.

第四章
누군가의 절망은 누군가의 희망이다

"컥!"

또 한 놈을 보냈다.

'이거 갈수록 태산이네.'

솜씨가 녹슨 것이 아니었다. 계속되는 추격전에 몸이 한계에 다다라 정확성이 떨어지는 것이 문제였다.

사황성의 무사들은 마존을 마치 머리카락에 붙은 이처럼 끈질기게 따라붙었다.

그것도 있었지만, 단검이 상한 것도 이유 중의 하나였다.

백여 명의 목을 땄더니 단검에 미세한 상처가 생겼다.

그 단검을 버리고 쓰러진 놈이 떨어뜨린 무기 중에서 단검을 다시 챙겼다.

어쨌든 소리가 났으니 이곳에 머문다는 것은 죽여 달라고 비는 것과 같았다.

벌써 이곳을 향해 낙엽을 헤치며 달려오는 소리가 들렸다.

마존이 사라진 곳에 흑사 등이 나타났다.

"으음……."

목이 잘려진 시체가 붉은 선혈을 뿌린 채 쓰러져 있었다.

"찾아! 멀리 가지 못했을 것이다."

맞는 말이었다. 하지만 멀리 가지 못한 게 아니라 멀리 가지 않은 것이었다.

마존은 도망만 다니다가는 있는 체력도 소진할 것이란 생각에 치고 빠지는 작전으로 수를 줄이려 했다.

아직도 이백여 명이 남아 있었고, 남은 놈들은 죽은 놈들보다 뛰어난 놈이 더 많았다.

'여기가 어디쯤일까?

자신의 목 위를 기어가는 뱀을 잡아서 씹어 먹으며 마존이 차가운 눈으로 흑사를 바라보고 있었다.

서남쪽으로 내려온 것은 확실했다. 내려오면서 군영을 통과했다. 그렇다면 이곳은 운남이 분명하리라.

찌는 듯한 더위가 그것을 뒷받침해 주고 있었다.

현재 마존이 있는 곳은 운남의 동북부 지역인 영선 부근이었다. 사천 땅을 찌르듯이 솟아 있는 곳이어서 서쪽으로 달리다 보면 다시 사천으로 접어들 수 있었다.

운남은 상당히 폐쇄적인 곳이었고, 온갖 독충이 활개를 치는 곳이었다. 하지만 그것들보다 더욱 문제가 되는 것이 있었으니, 바로 독곡이었다.

사천당문이 암기의 일인자라면 독곡은 독으로 천하제일을 이룬 곳이었다.

암기와 독을 같이 쓰는 사천당문과 달리 독곡은 곤충을 이용해 독을 쓰는 문파였다.

하지만 겨우 곤충이라고 생각하여 무시했다가는 쥐도 새도 모르게 심장을 파 먹혀 죽을 수 있었다.

아직까지 독에 당해본 적이 없는 마존이었지만, 그 자체로도 신경이 쓰였다. 더군다나 이제 사천당문이 사라졌다는 것을 알면 독곡도 슬슬 사천에 욕심을 낼 수 있는 상황이었기에 자칫 그들과 문제라도 생긴다면 사황성과 연수를 할 수도 있었다.

가뜩이나 혼란스러운 중원에 개 떼를 풀어놓는 것과 마찬가지였다.

'역시 저놈이 문제야.'

흑사 주위에는 언제나 만만치 않은 놈들이 머물고 있었기에 직접적으로 노릴 수 없었지만, 아무래도 저놈을 죽이기 전까지 이 숨바꼭질은 끝나지 않을 것 같았다.

눈에 핏발까지 세우면서 마존을 쫓는 흑사는 제정신으로 보이지 않았다.

'어디 보자.'

주위를 둘러보았지만, 보이는 것은 끝없이 펼쳐진 우림이 전부였다.

마존에게 유리한 상황이었다.

'숨을 곳은 많다. 차라리 이대로 놈들을 따돌릴까?'

그러나 그것이 용이하지 않은 것은 바로 놈들의 추격술이었다.

"이곳에 흔적이 있습니다!"

마존이 속으로 혀를 찼다.

'쳇.'

귀신같은 놈들이었다.

마존은 최대한 흔적을 남기려 하지 않았지만, 아주 최소한의 흔적만으로도 놈들은 착실하게 마존을 따라다니고 있었다.

욱씬!

등의 상처가 아려왔다.

속전속결로 가고 싶은 마음은 굴뚝같았지만, 몸이 더 이상 따라주지 않는다는 것이 문제였다.

'좋아, 좋아. 네놈들이 죽나 내가 죽나 어디 한번 해보자고.'

조금의 시간만 있다면 운공을 하여 내공을 회복하련만, 적들은 그런 시간을 주지 않고 있었다.

만일 한가하게 내공을 회복한다고 요상을 했다가는 바로 죽음을 맞으리라.

'마음 편히 쉴 수만 있어도……'

은신을 하는 와중에도 긴장을 유지하기에 육체는 회복이 더 뎠고, 내공은 빠르게 소모되고 있었다.

차라리 아무것도 하지 않고 있는다면 더욱 빠르게 신체의 기능을 회복하였을 것이다.

마존의 신형이 아까 먹은 뱀처럼 땅을 기어서 은밀하게 이동하고 있었다.

눈앞에 보이는 수많은 뒤통수.

뭐 주워 먹을 게 있다고 하나같이 다 땅바닥을 훑고 있는 중이었다.

'어떤 놈의 뒤통수부터 후려쳐 줄까나.'

이제까지의 소극적인 대처를 버리고 적극적인 싸움을 생각하고 있는 마존이었다.

흑사 등과는 최대한 멀리 떨어진 곳에 자리를 잡은 것도 그 생각 때문이었다.

단검의 손잡이를 움켜쥔 마존이 쏜살같이 자리를 박차고 앞으로 튀어나갔다.

"컥!"

"무… 윽!"

순식간에 일곱 놈의 목을 딴 마존이 단검을 버리고 쓰러진 놈이 떨어뜨린 검을 집어 들었다.

이번에는 쫓으란 소리도 없었다.

신음이 들리자마자 마존이 있는 곳을 향해서 달려오는 이들의 기척이 느껴졌다.

역시나 이번에도 가장 먼저 도착한 것은 흑사였다.

"이런 씹어 먹을 놈 같으니라고!"

"이 이상 흩어져 찾는다는 것은 무리다."

"그래, 최대한 뭉쳐서 놈을 찾아야 한다."

귀견수와 적룡이 의견을 말했지만, 흑사라고 그것을 모를까.

"이 상황에서 어떻게 뭉쳐서 다닌단 말이냐!"

주위에는 빼곡한 수림이 있었기에 처음에 같이 다닌다고 하여도 나중에는 간격을 벌릴 수밖에 없었다.

그러지 아니 하려면 일렬로 가는 수밖에 없는데, 그랬다가는 꼬리부터 잘려 나갈 것은 불 보듯 뻔한 일이었다.

적룡과 귀견수의 입이 다물어졌다.

세 사람은 마존의 몸에 이상이 있다는 것을 본능적으로 느끼고 있었다.

그렇지 않았다면 혈마강시를 상대로 보였던 무시무시한 실력으로 이곳에 있는 이들을 일찌감치 저승으로 보냈을 것이니까.

그렇기에 추격은 멈출 수 없었지만, 그 방법이 문제였다.

"놈이 주변에 있는 것은 확실하다. 그러니 이 방법을 쓰면 어떻겠냐?"

"무슨 좋은 생각이라도 있는 것이냐?"

"여태까지 놈은 흔적이 있는 곳, 그리고 우리와 최대한 멀리 떨어진 곳에서 나타났다. 그렇게 따져 보면 필시 또 흔적이 발견될 것이고, 우리가 이동하는 동시에 우리와 가장 멀리 떨어진 곳에서 암습을 개시할 것이다. 그러니 우리는 흔적이 발견되면 움직이지 말고……."

한동안 밀담이 오가는 와중에 다시 흔적이 발견되었다.

"흔적이 있습니다!"

"멈춰라!"

흔적이 발견되었다는 말에 수하들이 움직이려고 하자 흑사가 소리 높여 제지했다.

"자신들이 있는 자리에서 꼼짝하지 말도록!"

흑사의 명령에 움직이려던 이들이 신형을 멈췄다.

재빨리 주위를 살피던 적룡이 한곳을 바라보며 명령을 내렸다.

"저놈들을 포위해라!"

흔적과 자신들에게서 가장 멀리 있는 수하들을 가리키며 명령하자 나머지 수하들이 우르르 그들을 포위했다.

이 상황에서 가장 황당한 것은 포위당한 무사들이었다.

졸지에 같은 편에게 포위당한 그들은 멍청하게 자신들에게 무기를 겨누고 있는 동료들을 불안한 시선으로 바라보는 것이 전부였다.

"대……."

"조용!"

자신들의 대장인 귀견수에게 말을 걸려던 포위된 무사 하나가 귀견수의 일갈에 입을 닫았다.

"각자 무기를 땅에 꽂아라!"

적룡의 명령에 일제히 들고 있던 무기로 땅을 공격하는 무사들.

하지만 아무런 일도 벌어지지 않았다.

"주위를 살펴라!"

일제히 고개를 위로 쳐들거나 옆으로 돌려서 각자의 주변을 살피기 시작했다.

역시나 이번에도 보이는 것은 없었다.

이제는 흑사 등이 왜 이렇게 하는 것인지 눈치챘는지 사황성 무사들의 눈에 살기가 감돌았다.

주변에 아무것도 없는 것을 확인한 그들의 시선이 향한 것은 포위된 채 눈만 껌벅거리고 있는 다섯 명의 동료였다.

"꿀꺽."

포위된 이들이 마른침을 삼켰다.

그도 그럴 것이, 동료들이 눈에 살기를 품고 쳐다보고 있었으니 그렇지 않겠는가?

오 장여의 공간.

다섯 명의 무사가 있는 곳이었다.

"움직이지 마라."

적룡이 말을 마치고는 손을 앞으로 내밀었다.

천천히 땅을 무기로 찌르며 전진하는 동료들을 바라보는 포위된 이들의 등으로 식은땀이 흘러내리고 있었다.

식은땀이 흐르는 인물이 하나 더 있었으니, 그것은 포위된 이들의 발치에 숨어 있는 마존이었다.

'젠장! 멍청하려면 끝까지 멍청해야지!'

이제 와 후회해 봐야 소용없는 일이었다.

같은 방법을 고수한 자신이 멍청하다는 생각은 눈곱만큼도 없었다.

끝까지 멍청해서 걸린 것이란 생각도 없었다.

'어쩐다?'

그가 고민하는 사이에 이미 남아 있는 공간은 거의 사라진 상태였다.

삼면에서 흑사, 적룡, 귀견수가 거리를 좁혀오고 있었다.

흑사, 적룡은 검을 찌르면서, 귀견수는 발로 땅을 박차며 경기를 발출시키며 다가오고 있었다.

이제 두어 걸음만 더 다가오면 마존의 몸이 꼬치가 될 신세였다.

거기다 가장 앞서 오는 것은 흑사와 적룡, 귀견수였기에 단숨에 셋을 상대하기에는 지금 마존의 몸 상태로 무리였다.

혈마강시를 처리하느라 내공을 너무나 소비하였고, 마지막에 등짝이 거의 뚫릴 정도로 부상을 입었다. 거기다 쫓기느라 제대로 몸을 추스르지도 못했기에 말이 아니었다.

하나를 죽인다고 하여도 나머지 둘이 달려들 테고, 그러는 동안 남아 있는 이백여 명의 무리가 무기를 곧추세우고 죽자고 덤벼들 것은 안 봐도 뻔한 일이었다.

드디어 단 한 걸음으로 거리가 좁혀졌다.

푹!

'헉! 제길!'

검이 마존의 가랑이 사이를 찌르고 지나갔다. 다리를 벌리고 있었기에 무사히 넘어갔지만, 자칫했으면 그대로 고자가 될 판이었다.

싸한 느낌이 그의 아랫도리를 스쳤는데, 그 느낌은 무어라 형언할 수 없을 정도였다.

이제는 고민이고 뭐고 할 시간이 없었다.

'일단 한 놈은 확실하게 보낸다!'

가장 가까이 다가오고 있는 이는 흑사였다.

그는 한 자 간격으로 검을 땅에 찌르며 다가오고 있었는데, 이제 한 번의 지름만 더한다면 마존의 등을 확실하게 꿰뚫을 수 있었다.

다시 한 걸음이 디뎌지고 그의 발이 마존의 등을 밟았다.

손이 올라가고 검이 땅에 찔러지는 순간, 땅거죽이 들썩하면서 마존의 몸이 솟아올랐다.

흑사가 재빠르게 검을 찌르며 뒤로 물러서려 했지만, 마존이 더 빨랐다.

도망치려는 그의 발을 붙잡은 것이다.

흑사의 발을 잡자마자 검을 든 적룡을 향해 휘두른 마존.

적룡의 검에 흑사가 죽어도 좋고, 흑사와 적룡이 부딪쳐 서로 박살이 나도 좋았다.

캉!

적룡과 흑사는 멍청이가 아니었다.

흑사는 휘둘러지는 순간 손에 든 검을 적룡을 향해 휘둘렀고, 적룡도 그 검을 향해 검을 휘둘렀다.

검과 검이 만나는 순간 발생한 힘으로 몸을 비튼 흑사가 자신의 발목을 잡고 있는 마존의 손목을 향해 검을 휘둘렀다.

기겁한 마존이 서둘러 손을 놓고는 뒤로 몸을 날렸다.

"젠장!"

하지만 위험은 그것만이 아니었다.

따로 떨어져 있던 귀견수가 마존의 넓은 등짝을 향해서 장력을 날렸다.

펑!

"욱!"

혈마강시에게 다친 부위를 정확하게 맞은 덕분에 입에서 피화살이 쏟아졌다.

처음의 생포하겠다는 생각은 어디로 갔는지 흑사와 적룡이 검기를 뿌리며 앞으로 고꾸라지려는 마존을 향해 달려들었다.

오체분시를 하고야 말겠다는 강한 일념이 그들의 눈에 깃들어 있었다.

"죽여라!"

흑사 등이 뒤로 몸을 날리며 수하들에게 명령을 내리자 이백여 명에 이르는 이들이 각자의 무기를 앞세운 채 마존을 향해 몸을 날렸다.

"와라!"

상처 입은 한 마리 야수와 독기를 품은 이백여 명의 사냥꾼 간에 대결이 시작되었다.

풍뢰보를 쓸 여유조차 없이 빼곡하게 덤벼들었기에 차라리 검을 들고 싸우는 것이 좋았다. 거기다 몸이 만신창이기에 호신강기를 두를 여력도 없었다.

하지만 그 범위를 축소해서 날아오는 암기와 검, 장을 막으며 처절하게 싸웠지만 곧 한계에 부딪쳤다.

결국 백여 명의 목숨이 더 사라지고, 주변 오십여 장이 초토화되고 난 후에 마존은 시체의 밭에서 숨을 헐떡이며 간신히 신형을 세우고 있었다.

그나마 은밀한 부위를 가려주고 있던 고의도 없어 알몸으로 서 있었다.

비틀거리는 그의 손에서 반 토막이 난 검이 땅에 떨어졌다.

고수가 자신의 검이 부러지게 만든다는 것은 이미 육체와 정신을 통제하는 능력을 잃었다고 볼 수 있었다.

그런 그의 모습을 세 사람이 회심의 미소를 지으며 바라보았다.

마존을 향해서 흑사와 귀견수, 적룡이 천천히 다가왔다.

"흥! 이제야 똥통에 숨어 있던 구더기들의 등장인가?"

마존은 그들을 도발해서 먼저 욱하는 놈이 있기를 바랐지만, 그의 노력은 수포로 돌아갔다.

그들은 결코 서둘지 않았다.

여태 마존의 무위를 눈앞에서 본 그들이다. 그런 그들이 마존이 숨을 헐떡인다고, 겨우 몇 마디 지껄였다고 발끈해서 달려들겠는가?

천천히 마존에게 다가간 세 사람이 동시에 신형을 쏘아냈다.

손과 일체가 된 듯 흑사의 검이 구불구불한 궤적을 그리며 땅을 기듯이 마존에게 다가왔고, 적룡의 검이 하늘에서 떨어졌다.

카캉!

두 사람의 검이 마존의 손에 막혔다.

손에 강기를 덧씌워 그들의 검을 막은 것이다.

퍼퍽!

검이 막히자마자 흑사와 적룡의 발이 마존의 배에 꽂혔다. 이미 그것을 피할 정도의 체력도 남지 않은 것이다.

"컥!"

숨이 턱 막힐 정도의 강력한 발차기. 오장육부가 뒤틀릴 정도의 충격이었다.

절로 몸이 숙여지며 무릎을 꿇은 마존의 등에 귀견수의 장력이 강타했다.

펑!

납작 바닥에 엎드린 마존. 그런 그의 목을 향해서 검을 날리는 적룡.

캉!

그런 적룡의 검을 흑사가 막았다.

"왜?"

"이미 잡은 놈이다. 이놈이 방화범일지도 모른다는 소리를 잊은 것은 아니겠지? 거기다 마존이 맞다면 만마성을 위협할 좋은 미끼다."

"쳇!"

혀를 찬 적룡이 마존의 턱에 발을 날렸고, 그것을 맞은 마존이 이내 정신을 잃었다.

완벽하게 잡힌 것이다.

재빨리·다가선 귀견수가 마존의 혈을 눌러 완전히 제압했다.

그러고도 안심이 되지 않는지 밧줄을 이용해 꽁꽁 묶어 고치처럼 만든 후에야 긴 숨을 들이쉬며 이마의 땀을 닦았다.

마존을 제압하고서야 백여 명이 자리에 앉을 수 있었고, 길고 긴 추격전에 쌓인 피로를 풀 수 있었다.

백여 명도 멀쩡한 것은 아니었다.

부상을 입어 앞으로의 여정에 동참할 수 없는 이들이 삼십여 명에 달했다.

결국 흑사와 함께 마존을 데리고 갈 수 있는 이들이 칠십 명 정도라는 얘기였다.

마존의 옆에는 부상당한 무사 다섯이 검을 겨누고 있었고, 교대로 그 자세를 유지하며 그의 곁을 지켰다.

"저놈이 진짜 마존일까?"

"어떤 놈이든 상관없다. 우리가 잡았다는 것이 중요하지."

"차라리 사지를 잘라 버릴까?"

아직도 마존에게 두려움이 있는지 적룡이 슬쩍 마존을 바라보며 말했다.

"그러다 죽으면?"

흑사의 말에 적룡이 머리를 긁적였다.

"죽는다고 해도 별 상관은 없을 것 같은데?"

"아니, 놈은 반드시 산 채로 데리고 가야 한다."

아무리 마존을 잡았다고 해도 혈마강시와 삼대의 정예 중 거의 대부분을 잃은 흑사였다. 전공과 비례해서 잘못도 큰 것이다.

거기다 흑사도 자신이 경솔하여 일을 이 지경까지 만들었다는 것을 알고 있었다.

그러자면 모든 잘못을 상쇄시킬 만한 전과를 올려야 했다.

살아 있는 마존은 그 모든 것을 무마시킬 정도의 성과였다. 마존이 방화범이라면 단숨에 사황성의 삼인자가 되는 것도 어렵지 않으리라.

'귀곡자를 내 마음대로 부릴 수 있을지도 모르는 기회를 내가 차버릴 것 같으냐?'

아직은 소성주가 있기에 이인자의 자리는 넘보지 못하지만,

지위가 높아진 만큼 권력도 생길 것이고, 차근차근 노력한다면 사황성주의 자리도 오르지 못하라는 법도 없는 것이다.

마존을 잡고 나니 다시금 야망이 솟구쳐 올랐다.

혹시라도 방화범이 맞는다면 사존이 누릴 수 있는 기쁨을 빼앗고 싶지 않은 것이 그의 솔직한 심정이었다.

고문을 하고자 하는데 사지가 없다면 재미가 반감되기 때문이다.

"그럼 하다못해 팔이라도 자르자."

"지금 놈은 정상이 아니다. 갈 길도 멀고. 만일 가는 도중에라도 놈이 죽어버리면 어떻게 할 거냐?"

"……."

적룡이 입을 닫자 이번에는 귀견수가 입을 열었다.

"그나저나 이놈이 우리가 싸웠던 놈이 맞는 거냐?"

발로 드러난 마존의 얼굴을 톡톡 건드리며 이리저리 둘러보는 귀견수는 의문을 느끼는 모양이었다.

지금 마존은 완전히 곯아떨어져 코까지 골며 잠을 자고 있었다.

도저히 적도의 수중에 떨어진 이라고는 생각할 수도 없었다.

귀견수가 느끼는 그 의문을 적룡과 흑사도 느끼고 있었다.

혈마강시를 상대할 때의 마존은 자신들을 상대할 때의 마존과 완전히 다른 사람 같았기 때문이다.

흑사와 적룡, 귀견수가 합공을 해도 두 구의 혈마강시라면 당랑거철이나 마찬가지였다.

그런 혈마강시를 열 구가 넘게 파괴시킨 것이 마존이다.

하지만 마존은 지금 여기 고치처럼 꽁꽁 묶인 채 잡혀 있었다.

무력을 비교해도 이상한 상관관계가 성립하고 있었다.

물론 마존 혼자, 그것도 상처 입은 몸으로 사황성 정예라고 하는 삼대를 거의 몰살시켰으니 강하다고 할 수 있겠지만, 그들 모두가 덤벼도 상대할 수 없는 것이 바로 혈마강시였다.

"그럼 이놈을 자르는 것은 어떠냐?"

마존의 가랑이 사이를 툭툭 치는 적룡의 눈에는 부러움과 동시에 질투도 담겨 있었다.

"크크, 왜? 잘라다 붙이고 싶냐? 하긴 그래야 사내구실이라도 할 수 있겠지."

"뭐? 이 자식이!"

"그만! 지금이 장난칠 때냐? 아직도 갈 길이 먼데."

둘의 말다툼을 말리며 마존의 은밀한 부위를 바라보는 흑사의 눈에도 적룡 못지않은 여러 감정이 담겨 있었다.

무엇을 느꼈는지 잘 자던 마존의 몸이 부르르 떨렸다.

"엑! 이놈, 이거 쌌잖아?"

마존의 옆에 있던 적룡이 기겁하면서 그에게서 멀어졌다.

*　　*　　*

“제길, 경계가 더욱 심해졌다.”

올 때는 이렇게까지 살벌한 분위기는 아니었다.

그러나 지금은 마치 전쟁이라도 벌어진 것 같은 모습으로 한 치의 빈틈도 찾을 수 없었다.

흑사 등을 긴장시키는 것은 다름 아닌 변경에 자리 잡은 군대였다.

운남으로 넘어갈 때는 워낙 빠른 속도로 이동하였고, 경계 대부분이 운남을 향하고 있었기에 큰 마찰 없이 변경수비대의 진영을 벗어날 수 있었지만, 지금은 상황이 여의치 않았다.

“그놈 어딨냐?”

“누구?”

“그 여명진이란 놈 말이다.”

“응?”

흑사의 말을 들은 적룡과 귀견수가 수하들을 바라봤지만, 그들도 모르기는 마찬가지였다.

지금이 여명진의 능력이 필요한 시점이었다.

온갖 짓거리를 하는 혈련이었고, 그런 놈들이라면 따로 만들어둔 샛길이 있을 것이라 생각해서 찾은 것인데, 역시나 약에 쓰려면 개똥도 보기 힘들다고 그동안 잊고 지내던 놈이 찾으니 없었다.

“이놈은 어디 처박혀 있는 거야? 잘 따라올 줄 알았더니.”

여명진은 마존이 혈마강시를 박살 내고 모였던 어중이떠중이가 흩어질 때 같이 모습을 감췄다.

어린 여명진은 무시당하면서까지 그 자리에 있을 정도로 마음이 모질지 못했던 것이다.

그리고 무림맹을 배신했다는 것을 서둘러 혈련으로 알려야 하는 책임도 있었다.

돌아가는 꼴을 보니 흑사 등이 그 일을 해주지 않을 것 같았기 때문이다.

그렇게 도망친 여명진은 서둘러 전서를 띄우고는 지금 열심히 발을 놀려 안가로 도망치고 있었다.

아마도 정파와 사파 간의 싸움이 어느 정도 윤곽이 잡히기 전에는 나타나지 않으리라.

"어떻게 할 테냐?"

단단히 혼이 났는지 번을 서는 무사들의 눈에 살기마저 감돌고 있었다.

아무리 고수들이라고 하여도 겨우 칠십여 명으로 완전무장한 채 눈을 희번덕거리는 몇만의 변경수비대를 돌파한다는 것은 어림없는 소리였다.

거기다 만일 그들과 시비라도 붙어서 병사들이 죽는 사태가 발생하면 차라리 칼 물고 죽는 것이 나았다.

삼십여 명의 부상자는 각자 몸을 추스르며 성으로 귀환하기로 하고 그들을 떼놓고 온 그들이었다.

"조금 돌아가는 한이 있어도 그냥 귀주로 향해야겠다."

이곳 사천에서는 통하지 않을지라도 귀주에서는 방법이 있었다.

귀주에서 사황성의 영향력은 군부까지도 뻗쳐 있었으니까.

결론을 내린 이들이 마존을 들쳐 업고 길을 떠나는데, 그들을 바라보는 시선이 있었다, 사천에서부터 계속 쫓아온 끈질긴 시선이.

하늘 높이 솟은 나무들 사이로 이십여 명의 인원이 움직이고 있었다.

"후우~ 덥군."

"그러게 말이야."

"놈은?"

"아직은 이상없어."

마존은 현재 손과 발만 묶인 상태로 이동하는 중이었다.

알몸으로 사황성 무사의 어깨에 걸쳐져 있었는데, 잠든 상태에서도 뭘 그리 싸질러 대는지 들고 가는 이들이 몇 번이나 오물을 뒤집어썼는지 모른다.

"경계를 게을리하지 마."

"일각마다 혈을 점검하고 있으니 수를 부릴 수 없을 거야."

"얼마나 남았지?"

"앞으로 하루 정도만 더 가면 국경에 도착한다."

사황성 무사들의 몰골도 그다지 좋은 편은 아니었다.

마존을 쫓느라 쉬지도 못했는데, 또다시 귀주로 향하느라 대부분 흙과 먼지로 뒤덮여 거지 꼴이었다. 거기다 알몸의 마존을 가지고 가고 있으니 인적이 있는 곳으로 갔다간 어떤 일이 벌어질지 몰랐다.

그래도 다행이라면 이곳이 운남이라는 것이다. 그렇기에 행인들이 없었고, 그들은 별다른 충돌 없이 움직이고 있었다.

귀주와 사천이 가까운 덕분에 한인들이 많이 움직였고, 그들이 머물 수 있는 마을도 번창했지만, 그곳에 갈 수는 없었다.

지금 이들의 무력으로 설마 무슨 일이 생기겠냐마는 마을에는 군부의 첩자가 있을 수 있었고, 그들은 이미 사천에서 군부의 신경을 바짝 긁어놨기 때문이다. 나중에라도 신원이 들통난다면 사황성으로 무사히 가더라도 문제였다.

그리고 지금은 칠십여 명의 무사를 나눠서 스무 명씩 세 개 조로 움직이는 중이었다.

많은 인원은 사람들의 눈을 사로잡기 마련이니.

그래도 멀리 떨어지진 않고 서로의 움직임을 주시할 수 있는 거리로 움직였다. 그리고 만일을 대비해서 흑사와 적룡, 귀견수는 같이 움직이고 있었다.

"나와 있을까?"

"전서를 보냈으니 성주님이 알아서 조치를 취하셨을 거다."

그들이 전방을 살피며 산허리를 돌 때, 위에서 우레와 같은 소리가 들렸다.

쿠르르르르릉!

"뭐냐?"

흑사 등이 경계를 할 때 수하들이 주변을 살폈고, 일부는 나무 꼭대기로 올라가 주변을 살피려 했다.

그 순간 나무를 디디려 했던 이가 허공을 밟았다.

순식간에 어른 몸통 두세 개를 합친 두께에 오 장여의 높이를 자랑하는 나무가 쓰러졌던 것이다. 그것도 다른 나무들과 함께.

흑사 등이 있는 곳이 난장판이 되는 데는 숨 몇 번 들이쉬는 것도 걸리지 않았다.

주위 십여 장이 모조리 쓰러진 나무들로 뒤덮였으니까.

하지만 이 정도로 흑사를 어찌해 보겠다는 것은 너무나 그를 얕잡아본 것이었다.

나무가 넘어지는 소리가 들리자마자 마존을 수하에게서 뺏듯이 잡아채고는 순식간에 자리를 피한 것이다. 그것도 적룡, 귀견수와 함께.

"수색해라!"

흑사의 명을 받은 무사들이 주변을 둘러보러 간 사이에 흑사와 적룡, 귀견수는 마존의 목에 검을 겨누고서 주위를 경계했다.

"너무 깨끗하지?"

귀견수의 말에 흑사가 고개를 살짝 끄덕였다.

주위에 널브러져 있는 나무들의 밑동은 눈에 보이지 않을 정도로 예리하게 잘려 있었다.

넘어지면서 뜯긴 흔적을 제외하고는 아주 매끈했다.

"얼마나 될까?"

"글쎄, 그건 모르지."

“불러들일까?”

“응.”

흑사의 말에 적룡이 가지고 있던 신호탄을 쏘아 올렸다.

곧 주위에 흩어져서 이동하던 부하들이 달려올 것이다.

한편 늘어지게 자고 깨어난 마존도 궁금하긴 했다.

‘누굴까?’

지금의 행동으로 보자면 자신을 구하기 위해 움직인 것 같은데, 누가 있어 이런 일을 했는지 궁금했던 것이다.

‘설마 상호 이 녀석이?’

그런 멍청한 짓은 하지 않았기를 바라는 마음뿐이었다.

어지간한 인원수로 움직이지 않았다면 같이 죽는 것밖에는 안 되니까.

‘혈도를 풀긴 풀어야 하는데…….’

단전을 파괴시키지 않은 덕분에 열심히 노력하면 풀 수도 있었지만, 풀 만하면 다시 점혈하고 풀 만하면 다시 점혈한 탓에 그의 노력은 물거품이 되고 있었다.

‘무슨 놈들이 이리 꼼꼼하다냐.’

자신 같으면 귀찮아서라도 한 번쯤 잊을 만도 하련만, 이 녀석들은 무슨 강박증이라도 있는 듯이 쉬지도 않고 점혈을 하고 있었다.

꽁꽁 묶여서 사지로 끌려가고 있었지만 이상하게 걱정은 되지 않았다.

오히려 담담하다고 할까?

‘그나저나 진짜 상호 녀석은 아니겠지?’

걱정을 하고 있는 그에게 전음이 들려왔다.

“해혈이 되면 도망칠 수 있겠습니까?”

‘여자?’

들려온 전음은 놀랍게도 여자의 음성이었다.

“맞다면 오른쪽 눈을 깜빡이십시오.”

서둘러 눈을 깜빡였는데, 오른쪽이 아닌 왼쪽이었다.

‘이런 바보 같은!’

여인의 음성. 그것은 그에게 있어 잊을 수 없는 음성이었다.

바로 그가 구하려고 왔던 철혜화의 음성이었으니까.

지금 마존의 모습은 그녀가 철휘라고 알던 그때의 모습이었다.

아마도 사황성과 싸우는 모습을 모두 본 모양이었다.

그리고 마존의 정체에 대해서 어느 정도 파악한 것임에 틀림이 없었다.

그렇지 않다면 이렇게 사무적으로 말을 하지 않을 테니까.

하지만 자신의 정체가 들통 났든 나지 않았든 간에 그런 것은 아무런 상관이 없었다.

중요한 건 그녀가 이 자리에 있다는 것이었다.

‘멍청하게 무슨 짓을 하는 거야!’

철혜화는 사황성의 떨거지들에게도 쫓기는 몸이었다. 그런데 정예 중의 정예가 모여 있는 이곳에 나타나 자신을 구하려고 하는 것이다.

그리고 마존 자신이 이곳에 오기까지 그녀는 도망 다니느라 바빠서 동료를 만날 틈이 없었을 것이다. 그렇다면 혼자나 아니면 몇몇 동료들뿐이라는 얘긴데, 이 작전은 무모했다.

자신의 뜻을 알고 서둘러 그녀가 이곳을 벗어나기를 희망했다. 어리석은 행동을 하지 말고 그녀 자신의 몸부터 돌보기를 바랐다.

"오라버니를 구한 은혜를 갚겠습니다. 기다리십시오."

'은혜 같은 소리 하지 말고 도망치기나 해라.'

마음은 굴뚝같아도 닫힌 입은 열릴 기미가 없었다.

어디에 있는지도 알 수 없었다.

얼마나 시간이 흘렀을까. 흩어져 있던 이들이 모두 한자리에 모였다.

칠십여 명에 이르는 사황성의 무사들이 모두 모이자 오히려 안심을 하는 마존이었다.

눈이 있으면 볼 것이니, 이들에게 덤비는 무모함은 보이지 않으리라.

오히려 어설프게 공격한 것이 다행인 것 같았다.

전음이 사라진 지 한참이 되었는데도 아무런 반응이 없었다.

'그렇지. 그렇게 포기하거라.'

철혜화가 포기한 듯하자 오히려 안심을 하면서 마음을 놓는 마존이었다.

그녀가 없더라도 아주 작은 방심만 있다면 스스로도 탈출할 수 있었다.

　일단 모두가 모이자 그곳에 자리를 잡고는 수하들을 사방으로 정찰을 보낸 흑사가 마존을 바라보았다.
　무슨 생각을 하는지 그의 눈이 조금 악독하게 변하는 중이었다.
　“내공이라도 없애놓을까?”
　팔다리를 자르는 것보다도 훨씬 간단하게 마존을 무력하게 만드는 방법이었다.
　단전을 파괴시키면 한결 안심이 될 것 같았다.
　그 말에 귀견수가 손을 만지작거렸다.
　아무래도 손을 쓰는 것은 귀견수가 뛰어났고, 육체에 무리가 가지 않게 단전을 파괴시키려면 그가 나서는 것이 옳았다.
　단전을 파괴시킨다는 말에 마존이 반색을 했다.
　그러자면 당연히 손에 내공을 모아야 할 것이고, 그것으로 단전을 두들겨 준다면 단전에 틀어박혀 꼼짝 안 하고 있는 내공을 격발시킬 수도 있기 때문이다.
　몸에 무리가 가기는 하겠지만 혈을 풀 수는 있었다.
　그렇게 되면 죽어라 도망갈 생각이었다.
　귀견수가 한 발 한 발 다가오자 마존의 내심은 희망으로 부풀었다.
　‘오냐, 오냐. 예쁜 것. 좀 빨리 오너라.’
　“산공독이 있으니 그것을 쓰는 것은 어떠하십니까?”

"이놈은 환골탈태를 이루었을지도 모르는 놈이다."

"이 산공독도 특별한 것입니다. 독이되 독이 아닌 것이지요. 효과는 확실합니다."

수하 하나가 흑사에게 줄을 서려는 모양이다.

꺼낸 자기병의 화려한 문양이 그 속에 든 것이 평범한 것이 아니라고 대변하고 있었다.

차라리 극약을 먹였다면 오히려 쌍수를 들고 환영할 마존이었다.

독이 들어온다면 자신이 움직이지 않아도 내공이 알아서 반응할 것이고, 그것을 이용한다면 혈을 풀 수도 있기 때문이었다.

하지만 산공독은 아니었다.

몸의 통제권을 가지고 있었다면 산공독 따윈 걱정하지 않겠지만, 지금은 허수아비나 다름없는 신세였다.

어지간한 산공독이라면 신경도 쓰지 않겠지만, 저렇듯 장담을 하는 것을 보니 뭔가 있는 모양이다.

뚜껑이 열리고 하얀 액체가 한 방울 그의 입안으로 흘러들어 갔다.

확실히 좋긴 좋은 것인지 빠르게 그의 단전이 비워졌다.

희망의 새싹은 움돋기도 전에 잔인하게 짓밟혔다.

'개새끼!'

第五章
받은 게 있으면 주는 것도 있다

산공독을 들이켠 마존을 깔고 앉은 흑사가 정찰 나간 수하들을 기다리며 건량을 씹어 먹을 때, 깔린 마존은 그런 흑사를 씹고 있었다.

'빌어먹을 자식, 하필 얼굴을 깔고 앉다니!'

흑사는 얼굴을, 적룡은 가슴을, 귀견수는 다리를 깔고 앉은 상태였다.

그러니 흑사의 엉덩이가 마존의 코를 자극했던 것이다.

'좀 씻고나 다니던가!'

뿌웅~

들어간 게 있으면 나가는 것도 있는 법. 건량을 먹던 흑사가 시원하게 방귀를 갈겼다.

뚫려 있는 코가 원망스러워지는 순간이었다.

지금 이 순간 마존이 딱히 할 일은 없었다.

단전에 자리 잡고 있던 내공이 전신으로 흩어졌기에 막힌 혈도를 뚫으려는 시도도 하지 못하고 있었다.

그래도 희망적인 것은 마혈이 찍혀 옴짝달싹못하는 와중에도 몸은 점차 회복의 기미를 보이고 있다는 것이었다.

싸움으로 누더기가 되었던 몸의 상처는 거의 사라지고 있었고, 계속되는 추격에 지쳤던 몸은 피로를 완전히 떨쳐 버렸다.

이제 필요한 것은 내공을 움직이는 것뿐이었지만, 가장 중요한 그것이 이루어지지 않고 있었기에 달리 할 일이 없었다.

그저 흑사의 엉덩이에서 흘러나오는 퀴퀴한 냄새를 맡는 것 말고는.

"이놈, 이거 상처가 거의 아물어가는데?"

"뭐?"

적룡의 말에 두 사람이 시선을 주니 정말 그러했다.

몸에 가득 새겨졌던 상처의 피는 완전히 멎은 지 오래였고, 살짝 새살마저 보였다.

"흠, 산공독이 두 시진짜리라니, 한 시진마다 복용하게 하는 것이 좋겠다."

"차라리 아예 우리 셋이서 전속력으로 성에 복귀하는 것은 어떨까?"

귀견수의 말에 흑사가 눈을 빛냈다.

"그렇게 하는 것이 좋을지도."

“놈이 마존이라면 어떤 변수가 생길지도 모른다. 게다가 지금 우리를 노리는 놈들이 있는 와중에 그런 일을 하다 자칫 불상사라도 생긴다면 어떻게 할 건데? 그리고 빠져나간 놈들이 있다는 것을 잊지 마라.”

적룡이 귀견수의 말에 이의를 제기했다.

“그것도 일리있는 말이다. 그럼 일단 정찰대가 돌아오면 계획을 짜보자.”

그렇게 그들이 정찰대를 기다리고 있을 때, 이윽고 정찰 나갔던 이들이 하나둘씩 복귀했다.

주변에 특별한 위험은 없었다.

“그럼 출발하자.”

그들이 막 출발하려 할 때, 멀리서 희미하게 폭음이 들렸다.

“무슨 소리지?”

흑사의 말에 적룡이 어깨를 으쓱했다. 그라고 해서 알 도리가 없었으니까.

결국 정찰을 겸해서 선발대를 먼저 이동시켰다.

그렇게 그들이 일각이나 이동했을까? 산을 벗어나기도 전에 선발대가 소식을 보내왔다.

“전방 백여 장 앞에 일단의 무리가 있습니다!”

“뭐?”

적룡이 주변의 나무에 올라가 멀리 바라보자 빠른 속도로 다가오고 있는 오십여 명의 인물이 보였다.

그들의 움직임을 보건대, 직선으로 그들을 향해 달려오고 있었다.

"어디 놈들이지?"

"몰라."

멀뚱히 누워 있는 마존을 바라보던 흑사가 고개를 갸웃했
다.

"이놈을 구하러 오는 걸까?"

"그건 모르겠지만 곧장 이곳을 향해 오고 있어."

"일단 산개한다."

흑사의 말에 수하들이 사방으로 흩어져 매복을 했고, 이십
여 명만이 남았다. 드러난 이들 중에 마존이나 흑사 등은 없었
다.

얼마 지나지 않아 문제의 인물들이 도착했다.

오십여 명의 인물이었는데, 그중 일부는 험한 꼴을 당했는
지 옷이 그을려 있기도 했고 부상을 당한 이도 있었다. 그들도
사황성의 무사들을 보고는 흠칫하며 놀란 기색을 보였다.

하지만 그것도 잠시, 이내 사방을 둘러보며 누군가를 찾는
것이 아닌가?

사십대로 보이는 털북숭이 장한이 앞으로 나서며 무리의 앞
에 서 있는 적룡에게 말을 걸었다.

"네놈들은 누구냐?"

"그러는 네놈들은 누구지?"

적룡의 말에 먼저 질문한 장한의 입가가 씰룩였다.

“말을 참 싸가지없이 하는구나.”

겉으로 보기에는 적룡이 더 나이가 들어 보였다. 그럼에도 장한은 마치 아랫사람에게 말하듯이 하고 있었다.

“이익!”

적룡이 이렇게 무시당한 것은 오랜만이었다. 더구나 지금은 사황성의 기세가 하늘을 찌르는 중이었기에 이런 모욕적인 언사를 듣고 참을 이유가 없었다.

“아무래도 독곡의 인물들 같습니다. 소매를 보십시오.”

귀랑대에서 정보를 맡고 있는 암혼의 전음이 적룡의 귀를 파고들었다.

적룡이 가만히 그 중년인의 소매를 보니 흑룡이 다리 세 개 달린 화로에 똬리를 틀고 있었다.

‘어째서 독곡의 인물이 이곳에 있는 거야?

독곡은 운남의 남쪽인 화녕에 있는 문파로서 독에 관해서라면 사천당문과도 자웅을 겨룰 수 있는 문파였다.

아니, 그들의 본거지라 할 수 있는 운남에서는 사천당문도 한 수 접어주는 곳이었다.

그들의 장기는 독과 독물을 부리는 수법, 그리고 은잠술이었다.

독물을 잡기 위해, 그리고 운남의 무성한 수림에서 적에게 더욱 가까이 가기 위해 그들은 은잠술을 진보시켰다.

보이는 것만 보다가 숨어 있는 더 많은 이들에게 죽음을 당하는 것이다.

적룡이 내심 긴장할 때, 독곡의 인물도 긴장하기는 마찬가지였다.

"이공자님, 아무래도 사황성 놈들 같습니다."

수하의 전음을 들은 독곡 귀영당의 당주이자 독곡의 곡주인 백리수영의 둘째 아들인 백리천호가 약간 떨떠름한 표정을 지었다.

"지금 앞에 나선 놈은 적룡이란 놈으로, 귀랑대의 대주를 맡고 있는 놈입니다."

"그 대단한 위세를 떨치고 있는 사황성의 적 대주께서 이 누추한 운남까지 무슨 일로 오셨나?"

적룡은 자신을 알아본 것보다도 자신이 상대를 알아보지 못하는 것에 더한 불쾌감을 느끼고 있었다.

'이놈은 뭐 하는 거야?

"암혼, 저놈이 누군지 모르는 거냐?"

"죄송합니다."

"흥! 그러는 독곡의 대단하신 분들께서는 이곳에 어인 일이신지? 설마 중원 진출이라도 하시려는 요량이신가?"

비슷했다.

사천당문이 무너졌다는 소식을 듣고 그곳을 조사하기 위해 떠나는 길이었으니.

대공자이자 소곡주인 백리천룡을 대신해 사천으로 향하고 있는 백리천호는 그의 형에 비해서 자질이 그리 좋다고 말할 수 없었다.

그래서 독곡에서의 그의 입지는 매우 좁았다.

그렇기에 다른 기회를 얻고자 무단으로 곡을 떠나 사천으로 향하는 중이었다.

"숨어 있는 이들을 너무 믿는 것 같은데… 이곳이 운남이라는 것을 잊으셨나?"

적룡이 정곡을 찌르자 백리천호가 강하게 나갔다.

"적룡, 우리는 놈들과 싸울 이유가 없다. 그리고 지금은 그럴 시기도 아니고."

적룡이 독곡의 인물들과 대치 상태를 이루자 흑사가 만류했다.

'칫! 그렇군.'

혈마강시로 인해서 사황성의 힘이 대폭 상승하자 그에 따라 사황성 무사들의 간도 대폭 커졌다. 특히나 정예 중의 정예라는 사대의 무사들은 가히 그 오만함이 하늘을 찌를 듯했다.

그래서 타 문파의 무사들을 무시하곤 했는데, 여기서 그것이 나온 것이다.

"우리가 싸울 일이 있었나?"

"글쎄, 그건 모르는 일이지. 우린 지금 눈 찢어진 재수없게 생긴 놈을 쫓고 있는 중이거든. 그놈이 이쪽으로 도망을 친 것으로 봐서 당신들과 연관이 없지는 않을 것 같은데."

묘한 눈으로 백리천호가 적룡을 바라보자 적룡이 그 뜻을 알아챘다.

"그놈이 어떤 놈이든 간에 우리와는 상관없다. 우리와 당신

들을 싸우게 만들려고 했나 본데, 설마 그따위 어설픈 농간에
놀아나지는 않겠지?"

"뭐, 딱히 놀아날 생각은 없지만, 대신 무슨 단서라도 있을
것 같은데 말이야."

그놈에 대해서 아는 게 있으면 다 털어놓으라는 말이다.

그렇지만 적룡이라고 딱히 알 수 있는 것이 아니었다. 눈 찢
어진 재수없게 생긴 놈은 있었지만, 그놈은 여기서 계속 처박
혀 있었으니 그놈일 리는 없으니까.

그래도 왠지 찜찜함은 어쩔 수 없었다.

"우리가 알고 있으리라 생각하나?"

약하게 나갈 이유도 없었고, 약하게 나가고 싶지도 않았다.

설마하니 독곡 놈들이 이따위의 계략에 놀아날 만큼 멍청하
다고 생각하지 않았다.

이미 답이 다 나온 상태 아닌가?

"알고 있을 것 같은데?"

멍청한 놈들이었다.

은근히 시비를 거는 것 같은 말투에 적룡이 불끈했지만, 같
이 멍청한 급으로 떨어지기 싫었기에 참았다.

"우리는 독곡과 싸우고 싶은 마음이 없다. 설마 당신은 우리
와 싸우고 싶은 것인가?"

그 말에 귀랑대 소속 무사들이 검의 손잡이를 잡으며 살기
를 피웠다.

니들이 무서워서 이러는 것이 아니란 것을 보여주는 것이다.

하지만 그 상대가 나빴다.

살기를 피우기 전에 우선 경계부터 더욱 철저히 해야 했으니까.

"당주님, 뒤쪽에 놈이 있습니다. 이들에게 잡혀 있는 것으로 보아서 같은 편은 아닌 것 같습니다."

적룡은 이들이 독곡의 인물이라는 것을 간과하지 말아야 했다.

이미 백리천호의 부하가 숨어 있는 흑사와 그의 발밑에 깔린 마존을 본 것이다.

"오호~ 살기라? 뭔가 찔리는 것이라도 있는 모양이지?"

"무슨 소리냐!"

"뭐, 별거 아니야. 뭐랄까, 이를테면 저쪽에 숨어서 내가 쫓고 있는 놈을 잡고 있는 것 정도?"

정확히 흑사가 숨어 있는 방향을 슬쩍 바라보는 백리천호의 행동에 적룡이 낭패감을 느꼈다.

"그놈은 당신이 쫓고 있는 놈이 아니다."

"아니다?"

"그렇다."

"그럼 얼굴이라도 잠깐 볼 수 있겠지? 세상에 똑같은 놈이 여럿 있는 것도 아닐 테니까."

"꼭 그렇게까지 해야겠나?"

"해야겠나가 아니라 해야 할걸? 왜냐하면 이곳에 인면지주의 독을 풀었고, 삼십 장 안에 있는 이들은 모두 중독이 되었을 테니까."

능글거리며 백리천호가 말을 하자 적룡을 비롯한 이들이 서둘러 자신들의 몸을 점검하기 시작했다.

하지만 아무런 중독 증상이 없었다.

"크크크, 이 인면지주의 독은 재미있는 특징이 있지. 뭔지 알아? 바로 느낄 수 없다는 거야. 하지만 한 시진이 지나면 바로 증상이 나타나지. 어때? 모험을 걸어볼 텐가?"

백리천호가 한결 여유있는 얼굴로 말했다.

"그런 독을 삼십 장에 걸쳐서 풀었다?"

흑사가 수풀을 헤치며 나타났다.

더 이상 처박혀 있어봤자 결론이 안 날 것이라 생각했기 때문이다.

"그러는 동안 우리는 아무런 눈치도 못 챘고 말이지?"

믿을 수 없다는 투가 역력했다.

오십여 명의 사황성 무사들이 모습을 드러내자 장내에 긴장감이 휘몰아쳤다.

오십 대 칠십이니 독곡이 불리한 것이 당연했다.

하지만 이미 이들이 잠복을 하고 있는 것을 알고 있는 백리천호였기에 그렇게까지 놀라지는 않았다.

그리고 인면지주의 독은 아주 재밌는 효능이 심어져 있었기 때문이다.

지금 뿌린 것은 수놈의 독이었다. 여기에 암놈의 독이 더해지면 한 시진이 아니라 즉시 그 능력이 발해졌다.

"이런, 이런. 나로서는 좋게 해결을 보려고 했는데……."

말을 하는 백리천호의 목소리에 여유가 넘쳤다.

"못 믿겠으면 시험해 보든가."

"이러면 어떨까? 그 한 시진 안에 네놈들을 모조리 죽여 버리고 천천히 해약을 찾는 것은?"

위압적인 흑사의 말에도 백리천호는 결코 주눅 들지 않는 모습이었다.

"지금 나타난 놈이 흑사란 놈이고, 그 옆에 있는 놈이 귀견수란 놈입니다. 아무래도 사황성의 사대 가운데 삼대가 이곳에 있는 것 같습니다."

전음을 받은 백리천호가 내심 침음을 흘렸다.

삼대가 겨우 칠십여 명일 수는 없으니 멀리 남은 이들이 더 있을 수도 있기 때문이다.

'제길, 상황을 봐서 사황성의 힘을 빌릴까도 생각했건만. 아무래도 조금 우리의 힘을 보여주는 것도 좋겠군.'

아무리 지금 사황성이 대단하다고 하여도 저자세로 나가고 싶지는 않았다.

그런 것은 독곡의 삼인자로 충분히 맛본 그였기에.

그의 손이 고심을 한다는 듯이 턱을 쓰다듬었다. 그러다가 마치 풀리지 않은 문제에 봉착한 것처럼 머리를 쥐어뜯 듯이 긁적였다.

머리가 지저분한지 부스스 하얀 가루가 공중으로 유영했다.

“아, 아, 못 믿으면 할 수 없고.”

“한판하겠다는 것인가?”

“아니. 우리가 물러가겠다는 것이다.”

백리천호가 슬쩍 손짓을 하자 독곡 무사들이 뒤로 물러날 준비를 했다.

“갈 때 가더라도 해약은 주고 가야지?”

흑사의 말에 사황성 무사들이 슬머시 움직이며 공격하려는 모습을 보였다.

“해약이라? 중독되었다고 믿지도 않으면서? 만일 내가 해약을 주는 척하고 독을 주면 어떻게 할 생각이지?”

막가자는 것인지 백리천호가 흑사의 비위를 긁고 있었다.

“그 말, 진심으로 하는 소린가?”

흑사가 기세를 끌어올리자 적룡과 귀견수도 같이 백리천호를 압박했다.

“큭!”

기를 끌어올리던 흑사 등이 신음을 흘렸는데, 입가에 피가 보이는 것이 마치 내상이라도 입은 것 같았다. 그런 이들이 하나둘이 아니었다. 칠십여 명 거의가 모두 그런 증상을 보이고 있었다.

“이런, 이런. 몸이 허하신가 보구먼. 겨우 기를 끌어올리면서 피를 토하다니.”

“이… 이놈!”

흑사는 당황하기보다는 분노했다.

자신의 멍청함에.

'놈들이 독곡이라는 것을 알면서도 멍청하게 가만히 있었다니!'

중원에서 사천당문의 사람과 시비가 붙는다면 숨 쉬는 것조차 조심하라는 격언이 있다.

그리고 독곡은 운남에서는 사천당문도 한 수 접어준다는 곳이다.

그런데도 멍청하게 도란도란 얘기를 나누고 있었던 것이다. 그것도 이미 독을 풀었다고 말까지 한 상황에서.

죽어도 할 말이 없는 멍청한 짓이었다.

"아아, 아직도 말버릇이 고약한데?"

"본 성과 척을 지겠다는 것이냐!"

"그거야 당신 하기 나름이지. 자, 일단 그 숨겨둔 놈의 낯짝이나 볼까?"

흑사가 눈짓을 하자 수하 하나가 뒹굴고 있던 마존을 업고 나왔다.

"네놈이 찾는 놈이냐?"

흑사는 비슷한 놈이겠거니 했다.

"맞다."

"억지 부리지 마라! 서, 설마 네놈은 이놈을 구하기 위해 온 것이냐? 독곡이 언제부터 만마성과 손을 잡았지?"

"만마성?"

백리천호로서는 전혀 뜻밖의 말이었다.

“시침 떼지 마라!”

“그놈이 만마성과 연이 있는 놈이라, 이거지? 어쨌든 그거야 조사해 보면 알 일이니 우리가 그놈을 데리고 가겠다.”

“쉽게 내줄 것 같으냐?”

“아니라면? 여기서 모두 죽겠다는 것인가?”

백리천호가 손짓을 하자 사황성 무리를 포위한 형태로 이십여 명의 인원이 모습을 드러냈다. 모두 손에 작은 대롱을 하나씩 들고 있었는데, 그것의 용도가 무엇이든 간에 결코 우습게 볼 물건은 아닐 것이다.

‘이것들이 언제?’

이제는 수에서도 비등한 상황이었다.

흑사는 그 대롱보다 그것을 들고 있는 이들이 나타난 것에 더 신경이 쓰였다.

전혀 그들의 존재를 알아채지 못했기 때문이다.

선택의 순간이었다.

이미 중독을 당한 입장에서 포위까지 당했으니 더 뻗대다가는 험한 꼴을 볼 수도 있으니까.

“해독약은?”

“지금 뭘 요구할 입장인가?”

“으음… 자, 가져가라.”

일단 위기를 넘기고 다시 빼앗아오자는 생각이었다.

던져 준 마존을 받아 든 백리천호가 그를 살펴보더니 의아한 표정을 지었다.

마존의 몸에서 열이 나고 있었기 때문이다.

"응?"

살아 있는 사람의 몸에서 열이 나는 것은 당연하다고 할 수 있었지만 마존은 그 정도가 좀 심했다.

천천히 내부에서부터 솟아오른 열이 이제는 피부마저 벌겋게 달구고 있었다.

이상한 것을 느끼고 마존을 놓고 뒤로 물러서려는 순간, 마존을 묶고 있던 밧줄이 끊겼다.

"크크크, 고맙구먼."

어느새 두 발을 지면에 대고 서 있는 마존의 손이 백리천호의 목을 움켜쥐었다.

백리천호의 목을 움켜쥔 자세 그대로 서서 서둘러 내공을 움직여 요상을 취하는 마존.

잡혀 있는 동안 육체의 피로는 어느 정도 회복되었기에 서둘러 내공을 돌리는 것이다.

"네, 네놈……."

"아, 아, 구해준 것은 고마운데, 어지간하면 말조심 좀 하지?

마존의 손에 힘이 들어가자 백리천호의 얼굴이 금방 벌겋게 달아올랐다.

언제 마혈을 찍었는지 축 늘어진 백리천호의 몸은 덜렁거리고 있었다.

"거기 너희들도 마찬가지다. 얌전히 있으면 내 볼일만 보고 헤어져 주겠다. 알았지?"

　독곡의 인물들이 움직이려고 하자 마존이 엄포를 놓고는 다시 백리천호를 바라봤다.

　"아까 나하고 닮은 사람을 쫓고 있다고 했는데, 그 이야기를 들어볼까?"

　마존은 백리천호의 얘기를 듣는 순간 철혜화를 떠올렸고, 그녀가 이들에게 무슨 일을 벌였다는 것을 깨달았다.

　혹시나 하는 마음에 걱정이 된 찰나, 독이 침투해 들어온 것은 그야말로 하늘에서 내려뜨린 밧줄과도 같았다.

　마존은 탈태환골을 이루기 전에도 백독불침이었지만, 탈태환골을 이룬 후에는 거의 만독불침의 경지에 오른 인물이었다. 그 모든 것이 사황성에서 훔쳐 온 것을 먹은 덕분이었지만, 그는 아직 모르고 있었다.

　독이 들어온 순간 산공독으로 흩어져 있던 내공이 반응했고, 그 독을 태우면서 같이 산공독도 태워 버렸다.

　그리고 그 여세를 모아서 순식간에 마혈을 뚫어버린 마존이었다.

　이제 여기서 그를 막을 수 있는 것은 아무것도 없었다.

　독곡의 독이 아무리 대단하다고 하여도 마존을 어쩔 수는 없었고, 사황성의 무리는 독에 중독되어 내공을 쓸 수 없었으니 이 순간 이곳은 마존 천하였다.

　말을 하면서도 내공을 움직여 요상을 했고, 부족한 내공을 채우려 노력했다.

　"무, 무슨 소리냐? 네놈이 가만히 있는 우리에게 벽력탄을 던지고 도망가지 않았더냐!"

"내가?"

"먼저 시비를 걸어놓고 시침을 뗀단 말이냐!"

'혜화가 한 모양이군. 그런데 이쪽으로 도망쳤다면서 어째서 지금 모습을 보이지 않지? 아니, 어째서 전음도 날리지 않았지?'

거기까지 생각하자 마음이 급해졌다.

다른 놈들도 아니고 독곡의 인물들을 급습했으니 필시 뭔가 잘못되었으리라 생각한 것이다.

그렇다고 지금 철혜화의 행방에 대해서 물어본다면 독곡 놈들이 무언가 눈치를 채고 오히려 그것으로 자신을 압박할 수 있었다.

숨어 있는 놈들이 더 없다고 장담할 수 없는 상황이니.

독곡의 은잠술은 자연과의 동화, 그 자체였기에 마존으로서도 쉽사리 찾아낼 수 없었다. 그들이 철혜화를 찾아 나서면 일은 복잡했다.

빠르게 이 사태를 처리해야 했다.

마존이 백리천호의 아혈까지 제압하고는 전음을 펼쳤다.

"보시다시피 난 이놈들과 원한이 있다. 그러니 이놈들만 처리해 주면 얌전히 물러가겠다. 동의한다면 고개를 끄덕여라. 고개를 젓는다면 네놈의 목을 꺾어버리고 다른 길을 택하겠다."

마존의 말에 백리천호가 머리를 굴렸지만, 그 시간이 길 수는 없었다. 마존의 손이 점점 그의 목을 죄어왔기 때문이다.

'이놈이 왜 갑자기 이렇게 서두르지?'

"큭!"

마존이 손에 힘을 주자 그의 입에서 절로 신음이 튀어나왔다.

조금만 여유가 있었다면 그 이면에 감춰진 뜻을 생각해 낼 수도 있었겠지만 시간이 촉박했다.

'제, 제길, 이놈의 행동으로 보건대 우리의 독이 통하지 않고 있다. 그렇다면……'

선택의 여지가 없었다.

이윽고 그가 고개를 끄덕이자 슬쩍 아혈을 풀어준 마존.

"사황성 놈들을 죽여라!"

백리천호가 말을 하자 넓게 사황성 무사들을 포위하고 있던 이십여 명의 인물이 각자 손에 들고 있던 대롱의 뒷면을 힘껏 쳤다.

그 모습을 본 흑사 등이 몸을 날리고, 일부는 대롱의 궤적을 향해 뛰어들었다.

자신의 육체를 방패 삼아 거기서 튀어나올 무언가의 피해를 최소화하려는 움직임이었다.

하지만 그들의 노력에도 불구하고 대롱에서 나온 검은 물체들은 사황성 무사들 대부분에게 고루 쏘아졌다.

쏴아아아아아~

마치 바람이 갈대를 스치는 듯한 소리와 함께 쏟아져 나온 검은 물체는 유연한 움직임으로 자신의 시야를 가린 무사를 비켜가더니 사방으로 퍼지며 사황성 무사들을 향해 달려들었다.

"크, 크악!"

검은 물체는 사황성 무사들에게 달라붙자마자 그들의 머리를 뚫고 들어가 게걸스럽게 그들의 뇌를 먹어치웠고, 그들을 속절없이 쓰러지게 만들었다.

아비규환의 장.

죽지 아니 한 자도 있었으나 입가에 침을 흘리며 사지를 경련하는 것이 멀쩡하다고 할 수 없었다.

아귀충.

이것은 독곡이 만든 회심의 곤충이었으며, 사람이나 동물의 뇌로 침투해 독을 퍼뜨리며 상대를 죽이는 곤충이었다.

작은 크기답게 먹는 것은 얼마 되지 않았지만, 문제는 그것들이 지니고 있는 독이 곧바로 뇌에 퍼진다는 데 있었다. 거기다 날개를 가지고 있었기에 행동도 민첩했다.

다만 약점이라면 대롱을 벗어나서 겨우 일각만 살아 있을 수 있다는 것인데, 그 일각이면 이곳에 있는 이들의 목숨을 취하는 데 충분하다 못해 넘칠 시간이었다.

그리고 다시 대롱 속으로 집어넣으면 되는 것이다.

휘리리리링, 휘리리리링.

간간이 휘파람 소리와 같은 것이 들리는데, 그것으로 아귀충을 조종하는 것 같았다.

사황성의 무사들은 피하려고 했지만, 모래 알갱이만큼 작은 아귀충들을 피할 수는 없었다. 내공을 이용할 수 있었다면 빠르게 움직여 자리를 벗어날 수도 있었겠지만, 독에 중독되어 내공을 움직일 수 없었기에 그 피해는 더 컸다.

몇몇 이들이 독곡 무사들을 향해 달려들었지만, 독곡 무사들의 독검 아래 그 목숨을 잃었다.

거기다 대롱을 썼다고 암기가 없는 것은 아니었다. 암기는 사천당문의 전유물이 아니니까.

지금도 허공을 유유자적 노니는 암기 대부분이 독곡 무사들 것이었다.

파지지직.

"호오~ 감히 수작을 부려?"

마존을 향해 은밀히 다가온 아귀충 한 마리가 그의 호신강기에 막혀 한 줌 재로 사라졌다.

그 모습을 보고 눈을 치켜뜨는 백리천호.

"호신강기!"

독이 통하지 않을 때부터 의심은 했지만, 마존은 호신강기를 발할 만큼 강한 고수였던 것이다.

대롱에서 검은 물체가 쏟아지는 것을 보고 서둘러 보충했던 내공으로 호신강기를 형성한 것이다. 가까스로 호신강기를 만들기는 했지만 완전하지는 않았다.

만일 공격한 것이 벌레가 아니라 기를 두른 무기였다면 그 대로 뚫렸으리라.

옆에서는 비명 소리와 울부짖는 소리가 어울려 참상을 자아 내고 있었지만, 마존과 백리천호는 그런 그들의 상황과는 무 관한 것처럼 보였다.

독에 중독되고 아귀충에게 뇌를 파 먹히고 암기에 맞아죽는 사황성 무사들을 뒤로하고 몸을 날려 피하는 이들이 있었으 니, 바로 흑사와 귀견수, 적룡이었다.

아무리 독에 중독되어 내공을 끌어올리지 못한다고 하여도 사황성 정예를 부리는 고수였다.

그들 말고도 삼십여 명의 사황성 무사가 엷은 포위망의 약 점을 노려 막 벗어나려는 찰나였다.

확실히 이십여 명으로 칠십여 명을 다 막기란 어려운 일이 었으니까.

하지만 그들이 빠져나가려면 아직도 벽은 있었다.

바로 백리천호와 같이 나타난 오십여 명이 바로 그들이었 다.

“놓치지 마!”

백리천호의 말에 그들 중에서 삼십여 명이 포위망의 외곽으 로 도망치려는 사황성 무사들을 향해 몸을 날렸다.

‘어차피 이곳의 일은 이놈을 죽이면 비밀이 된다. 중원에 거 점을 마련하려는 지금, 사황성과 척을 질 이유는 없겠지.’

아무리 호신강기를 사용하는 고수라고 하여도 약점은 있기 마련이다.

독곡엔 독만 있는 것이 아니었으니까.

어수선한 틈을 타서 벌써 그의 발밑에 수하가 대기 중이었다.

기회가 온다면 순식간에 마존을 급습하리라.

'놈, 잡히게 된다면 죽지도 살지도 못하게 만들어주리라.'

그의 머릿속에는 이미 수백 가지의 고문 방법이 떠오르고 있었다.

그가 그런 생각을 하고 있을 때, 알아서 사황성의 무사들이 도망가지 못하게 하는 것을 보고 있는 마존은 내심 만족하고 있었다.

하지만 만족으로 끝날 일이 아니었다.

처리해야 할 놈들은 아직도 많았으니까.

"끄으… 끄으으윽……."

마존이 손에 힘을 주자 백리천호의 목에서 신음이 절로 새어 나왔다.

"허튼수작을 부렸으면 대가를 받아야지? 오고 가는 거래 속에 건전한 상거래 문화가 자리 잡는 것 아니겠어?"

"이… 이놈……."

"왜?"

뿌각.

백리천호의 목에서 뼈 부러지는 소리가 들린 것과 마존의 발바닥으로 작은 송곳이 파고드는 것은 거의 동시의 일이었다.

“흥!”

코웃음을 친 마존이 빠르게 발을 뒤로 빼더니 올라온 손목을 차버렸다.

뿌드득!

무기를 든 손째로 뽑혀져 날아가는 손목. 그 뒤로 붉은 핏줄기가 공중에 흩날렸다.

은신을 한 것까진 좋았는데, 백리천호의 목뼈가 부러지는 순간 흘린 약간의 살기와 기척이 암습을 실패하게 만들었다.

다시 발을 이용해 땅으로 경력을 쏘아내는 마존.

쾅!

그 서슬에 땅속에서 은신하고 있던 이의 내부가 터지면서 그대로 땅속에서 목숨을 잃었다.

백리천호가 죽는 것을 본 독곡의 무사들이 마존을 향해 독을 풀고, 암기를 쏘고, 가지고 있던 독충을 풀었다.

하지만 독은 무용지물이었고, 암기는 호신강기에 막혔으며, 독충은 마존이 뿜어내는 살기에 밀려 주인의 명을 이행하지 못하였다.

한가하게 시간을 끌 생각이 없었던 마존이 독곡 무사들을 향해 그대로 몸을 날렸다.

발로 땅에 굴러다니는 검을 차버린 마존의 신형은 어느새 오른쪽으로 향해 그곳에서 오각형의 암기를 던지려는 이의 목을 비틀어 버렸다.

휘이이이잉~

마존이 찬 검은 무시무시한 파공음을 뿌리며 쏘아져 나가 독을 풀던 이들의 몸통을 갈가리 찢었다.

학살.

그 이상도 이하도 아니었다.

절대자의 위치에 있는 이에게 아무런 대비도 없이 덤빈 대가를 받고 있는 것이다.

도망간 이도 있었지만, 땅에 널브러져 있는 이들이 더 많았다.

사황성의 무사들은 결국 모두 죽음을 맞았다.

독곡 무사들을 피해 도망갔지만, 그들의 몸에 심어져 있는 독은 어쩔 수 없었던 것이다.

그리고 독곡의 인물들 중에서 도망간 이들은 목숨을 부지할 수 있었다.

마존에겐 그들을 쫓는 것보다 더 급한 일이 있었으니까.

'서둘러야 돼.'

마존이 독곡 인물들이 온 방향을 향해 몸을 날리며 사방을 샅샅이 뒤지기 시작했다.

그의 생각대로라면 분명 이 길목 어디에 철혜화가 있을 것이다, 그것도 독에 중독이 된 채.

"어디 있느냐, 화아야!"

내공을 실어 크게 외친 마존이 천이통을 시전해 주의를 집중했다.

하지만 아무런 소리도 들리지 않았다.

"화아야! 화아야!"

그때 무언가가 마존의 귓가에 들려왔다.

"오… 오라버……."

아주 미약한 소리가 들렸고, 순식간에 몸을 움직인 마존이 그곳에 도착해 발견한 것은 수풀로 막힌 작은 동굴이었는데, 아마도 작은 동물의 둥지였던 모양이다. 그 속에 철혜화가 누워 있었는데 칠공에서 검은 피를 흘리고 있었다.

고통스런 아픔 속에서도 들키지 않기 위해 신음을 참고 있는 그녀였다.

"이런, 화아야."

서둘러 다가간 마존은 어쩔 줄을 몰라 했다.

마의에게 찢기고 부러진 것에 대해서 대처하는 법은 배웠지만, 독공에 대해서는 거의 무지했기 때문이다.

"그렇지."

일단 자신의 내공이 독에 강한 것을 알기에 내공을 철혜화의 몸속으로 집어넣었다.

일전에 마의에게 듣기로는 자신의 내공이 독에 상극이기에 독에 영향을 받지 않는다고 했기 때문이다.

어찌나 급하게 서둘렀는지 철혜화의 몸이 부풀어 올랐다.

급격한 내공의 유입으로 그녀의 혈도가 팽창한 것이다.

"이런!"

그제야 자신의 잘못을 깨닫고 천천히 내공을 주입했지만,

이미 그녀의 혈도 몇 군데가 압력을 이기지 못하고 찢어진 상태였다.

그것을 알고 당황했지만, 이번에는 결코 서둘지 않고 끈질기게 실을 뽑는 누에처럼 천천히 내공을 흘려 넣었다.

두 번 실수할 수는 없었으니까.

마존의 내공이 그녀의 몸을 지날 때마다 그녀의 몸이 뭍에 올라온 붕어마냥 펄떡거렸고, 모공에선 검은 연기가 피어올랐다.

그녀의 내부에 있던 독이 타는 모양이었다.

마존의 온몸이 땀에 흠뻑 젖었다.

한 시진이 지났을 무렵, 뿜어져 나오던 검은 연기가 멈추고 펄떡거리던 움직임도 멈췄다. 숨소리도 안정적으로 바뀌었다.

"후우~"

겨우 한시름 놓았다고 생각한 마존이 손을 떼자 갑자기 그녀의 숨소리가 거칠어졌다.

"응?"

아직 마존의 고생은 끝나지 않은 모양이다.

다시 손을 그녀의 장심에 대고 내공을 흘려 넣자 거칠던 숨소리가 잦아들면서 안정을 찾아갔다.

지금 여기서 철혜화를 위해서 할 수 있는 일은 없었다.

어서 빨리 뭔가를 해줄 수 있는 인물을 찾아야 했고, 마존은 그런 인물을 알고 있었다.

"부디 그때까지 견뎌야 한다."

남은 손으로 철혜화의 얼굴을 쓰다듬던 마존이 그녀를 안고
일어섰다.
빠른 속도로 절강을 향해 몸을 날리는 마존.
아마도 먼 여정이 될 것 같았다.

第六章
드러나는 비화

"오랜만이네."

완벽하게 주위가 통제된 밀실에서 두 사람이 만났다.

한 명은 정파의 존경을 받는 신의였고, 다른 한 사람은 마도의 하늘이라는 만마성의 이인자인 마의였다.

두 사람의 공통점이라고는 의술을 한다는 것 말고는 없는 듯 보였다.

하지만 그들은 다른 비밀이 있는 듯했다. 그렇게 인사하는 신의의 앞에 천으로 둘둘 말린 무언가가 놓여 있었는데, 형태로 봐서는 검 같았지만 검신의 넓이가 무척이나 넓었다.

마치 마존이 쓰던 검과 같이.

신의가 말을 꺼냈지만, 마의는 입을 다물고 있었다.

“허허허, 사제는 세월이 비껴가는 것 같군.”

두 사람은 같은 연배였지만 마의가 훨씬 젊어 보였다.

백발이 성성한 신의와 검은 머리가 잘 어울리는 마의가 같은 연배라고는 도저히 볼 수 없었다.

머리카락만 그런 것은 아니었다.

전체적으로 봐도 마의와 신의의 차이는 명백했다.

그나저나 사제라니?

“소식은 듣고 있었지만, 잘해 나가리라 생각해 연락을 하지 않았네.”

“누구로 온 것이오?”

퉁명스런 마의의 물음에 신의가 계면쩍은 웃음을 흘렸다.

“당연히 자네의 사형으로 온 것이지.”

“천의문과 나의 관계는 사십오 년 전 사부가 파문당하면서 끊긴 것으로 아오만?”

냉랭한 마의의 말에 신의가 자신의 수염을 쓰다듬었다.

물론 반가운 해후를 기대하며 온 것은 아니었지만, 그렇다고 이런 박대를 예상한 것도 아니었다.

자신과 마의는 그래도 어린 시절을 형제처럼 함께 지냈던 사이였으니까.

파문도 사조가 결정을 내린 것이지 자신의 사부는 반대했었다.

헤어질 때도 서로를 눈물로 보냈던 사형제들이다.

“나는 사제를 한시도 잊어본 적이 없네. 사부님도 마찬가지였고. 언제나 사숙을 그리워하셨지. 사부님이 사숙을 찾아낸 적이 있었네. 하지만 먼저 외면한 것은 사숙이라고 들었네.”

변명이라면 변명이었고, 사실이라면 사실이었다.

그 자리에 마의도 있었으니까.

“휴우~”

이내 마의가 한숨을 쉬었다.

“그때 사부가 사백을 외면한 이유는 사백이 우리가 추구하던 것을 버리라고 했기 때문이오.”

“그런가?”

“사조하고 다를 것이 하나 없더군.”

자신들의 생각을 인정하지 않고 무조건 반대만 하던 사조였다.

가만히 생각에 잠겨 있던 신의가 입을 열었다.

“마존이 그 연구의 결과인가?”

연구의 결과?

“풋!”

신의의 말에 마의가 웃음을 지었다.

“어째서 그렇게 생각하시는 거요?”

마의의 질문을 받은 신의가 가만히 그의 눈을 바라보았다.

“자네나 사숙이 연구를 포기했을 것이라고 생각하지 않으니까.”

“흐음… 반만 맞췄다고 해두지요.”

“반?”

그 말을 끝으로 마의는 입을 다물었다.

아마 혼자 생각해 보라는 의미인 모양이었다.

"그나저나 자네는 걱정이 되지도 않는 모양이군."

"무슨 말이요?"

"마존이 실종되었다고 들었네만……."

"아, 그거?"

마치 별것 아니란 투의 말이었다.

"뭔가 수를 써놓은 것인가?"

"수라? 마존 그 친구 자체가 수라면 수지요."

아까 신의가 질문한 것과 연관이 있는 대답이었다.

"역시 연구가 성공했군."

"아니요. 실패했습니다."

"실패?"

"완전한 성공이 아니라면 실패한 것이나 마찬가지이지요."

신의는 마의의 말을 파악하느라 생각에 잠겼다.

'미완성이란 말인가? 하지만, 마존이 보여주는 막강함은 분명 성공이라 말하고 있는데?

혈마강시의 강함은 익히 알고 있는 그였고, 아미를 박살 낸 미완의 혈마강시도 충분히 강한 상태였다.

그런 혈마강시를 몇 구나 처치한 마존의 강함은 마의와 그 사부의 연구가 아니라면 불가능하다는 것이 그의 생각이었다.

마의는 신의가 생각하는 것을 방해하지 않으려는 듯 가만히 차를 마시고 있었다.

그런 마의를 바라보던 신의가 눈에 이채를 띠었다.

'너무 젊군.'

마의가 환골탈태를 했다는 정보는 없었다.

그렇다면 환골탈태로 인한 젊음은 아니라는 것이다.

'설마?'

"혹시 자네의 몸도?"

"어? 아직까지 모르셨소?"

"으음… 몰랐네."

마의의 말을 듣게 되자 다른 사실도 알 수 있었다.

마의가 마존 등과 함께 사황성의 손을 피해서 용케 절강까지 도망을 쳤다고 생각했다.

녹림이 도와줬다고는 하지만, 그렇다고 성공한다고 생각한 적은 없었다.

그래서 도움의 손길을 뻗치려다가 무림맹에서 반대하는 바람에 무산되었다.

사파들의 다툼에 정파가 낄 필요는 없다는 것이 이유였다.

그 뒤 들려오는 소식에 귀를 기울이면서 의아하단 생각을 하였으나, 결론은 내리지 못했었다.

결론을 내리기도 전에 싸움은 막바지로 치달았고, 사황성은 만마성에서 손을 떼었으니까.

'그렇지. 사숙이나 사제의 성격에 연구를 포기하지 않았다면 당연한 것을.'

신의의 무공도 높긴 했지만 마의 정도까지는 아니었다.

같은 무공을 배웠음에도 이런 결과가 나타난 것은 아마도 그 연구 때문이리라.

당시, 마의가 움직이는데 사숙이 같이 없다는 것에 의문이 들었었다.

"사숙은?"

"돌아가셨지요."

"언제 돌아가셨나?"

"사백이 왔다 가고 얼마 후 실험의 부작용으로 순식간에."

"으음… 그런데도 실험을 계속했단 말인가? 그것도 자네의 몸에?"

"사실 그때는 곧바로 시작을 할 수 없었지요. 하지만 얼마 지나지 않아서 철휘 그 친구를 만나게 된 거지요."

"그 사람도 그 사실을 알고 있나?"

"글쎄… 알지도 모르고 모를지도 모르지요."

애매한 대답이었다.

"두 사람만 실험을 한 것이 아니겠지?"

당시 마문의 인물들은 싸움을 하면 할수록 강해졌었다.

움직일 수만 있다면 다음의 싸움에 뛰어들었고, 그들은 그렇게 사선을 헤쳐 나가며 고수로 성장했다.

그렇게만 알고 있었다.

하지만 그 모든 것의 뒤에는 마의가 있었던 것이다.

운이 좋아서 강해지고, 운이 좋아서 죽음의 위기에서 벗어나고, 운이 좋아서 싸움에 이긴 것이 아니었다.

지금 장로란 이름으로 남아 있는 이들은 벌써 기력이 쇠하거나 당장 죽어도 이상이 없는 이들이었다.

처음 마문에서 출발할 당시의 무공이라면 잘해야 고수 소리를 들을 정도였던 것이다.

그렇지만 지금은 어떠한가?

고수를 넘어 무적이란 호칭을 듣고 있었다.

만마성의 장로들이라면 정파의 내로라하는 명숙들과 그 이름을 같이하고 있었고, 혹자는 장로들이 합공을 펼친다면 환골탈태를 이룬 고수라 하더라도 상대가 되지 못할 것이라 얘기하는 이들도 있었다.

이제는 어째서 상대도 되지 않았던 마문의 인물들이 사황성의 무사들을 죽이면서 절강으로 도망칠 수 있었는지 조금씩 이해가 가는 신의였다.

"이제 눈치챈 모양이네."

은근슬쩍 예전의 철없던 시절의 말투로 돌아간 마의다.

그만큼 그도 신의에게 마음을 놓은 것이라 할 수 있었다. 아니면 바라는 것이 있는 것일지도.

"어떻게 성공할 수 있었나?"

"성공이라? 그런 것이 아니오. 그때 사부님은 두 가지 길에서 고민을 하고 계셨지. 그러다 그중 하나의 길을 선택하셨는데, 그것이 그만 잘못된 선택이었던 거요. 사부님이 임종하시면서 남은 길은 분명 옳은 길이니 연구를 멈추지 말라고 하셨지만, 그때의 난 어리고 용기도 없었지. 그러다 철휘를 만난 것이고."

"그가 특별했나?"

"특별했냐고? 특별하다면 특별한 놈이었지. 아니, 무모했다고 할까? 변두리의 조그만 조직 하나 만든 놈이 감히 사황성의 보호를 받고 있는 놈들에게 싸움을 걸었으니까. 처음에는 이 놈이 죽으려고 발버둥 치는 줄 알았어. 그래서 확 곱게 죽으라고 독약을 줄 생각이었지. 그러다 그놈이 죽기 일보 직전까지 가서 나를 찾아왔는데, 사부님이 남기신 약병들이 눈에 띤 거야. 죽으면 그만이란 생각으로 그놈에게 처방을 했는데, 놀랍게도 그놈이 그 약들을 모조리 흡수하더니 다음날 팔팔해져서 또 싸우러 가더라고."

"호오~"

"그게 시작이었어. 그놈을 따라다니면서 상처를 치료한다는 명분으로 조금씩 약물과 주술을 혼합해서 사부님의 연구를 실험했어. 그 결과를 가지고 나도 스스로를 실험물로 이용했고. 지금 장로라 불리는 것들 모두 그때의 실험으로 지금의 경지에 오른 것이지."

"지금 보면 성공한 것 같은데, 아닌가?"

"그놈만 보면 그렇지. 나와 장로들은 그놈과 같은 경지에 오르지 못했거든. 약간의 부작용도 발생했고."

"부작용?"

"그래. 예전에 우리가 어떻게 싸웠다는 소문이 돈 적이 있지?"

신의도 그것을 들은 적이 있었다.

마문의 무사들이 인육을 먹어가며 싸웠다거나 하는 것들 말이다.

"음… 설마 그 모든 것이 사실인가?"

"사실인 것도 있고 아닌 것도 있지."

마의가 의미심장하게 미소를 지으며 말하였다.

마의의 얼굴을 바라보던 신의가 심각한 표정을 지었다.

"진짜 인육이라도 먹은 것인가?"

신의의 물음에도 마의는 명확한 답을 제시하지 않았다.

"지금 그런 것을 따져서 무슨 의미가 있어?"

"만일 그런 것이라면……."

"어떻게 할 건데?"

배짱인가?

마의가 오히려 신의에게 물음을 던졌다.

그런데 막상 책망을 할 것 같던 신의가 마의의 물음에 아무런 말도 하지 못하는 것이 아닌가?

"……."

"큭큭, 상대해 보니까 어때?"

"역시 마물은 마물이더구나. 더군다나 이번에 만들어진 놈들은 이백여 년 전에 나타났던 것들보다 더욱 강해진 느낌이다. 사문의 기록이 잘못되었단 생각이 들 정도로."

"그러니까 사부가 그때 말했잖아. 아무리 뿌리를 뽑은 것 같아도 언젠가는 분명히 나타날 것이니 준비를 해두어야 한다고."

"그렇지만 사숙이 말씀을 하신 것은 산 사람을 대상으로 한 것이었다. 어찌 사람을, 그것도 살아 있는 사람에게 혈마강시를 만들 때 쓴 것으로 추정되는 방법을 쓸 수 있다는 말이냐?"

"그때도 그렇게 반대를 했지. 하지만 결과는 어떻지? 지금 우리 말고 혈마강시에 대항할 수 있는 세력이 있을까?"

있을 리가 없었다.

현재 무림은 완전한 파탄, 그 자체였다.

두 달 전 마존이 사천에서 혈마강시를 상대했을 때 전 무림은 들끓었었다.

단신으로 혈마강시를 몇 구나 상대하는 인물이 나타났고, 그 이후로 한동안 사황성이 문을 걸어 잠그고 중원의 눈치를 살피는 것 같은 모습을 보였기 때문이다.

덕분에 무림맹엔 혈마강시를 경시하는 이들까지 있었다.

그러나 그것은 오래가지 않았다.

무림맹이 이제 혈마강시는 없을 것이고, 있다고 해도 예전의 혈마강시가 아니어서 부실하다는 얘기나 하고 있는 사이 사황성이 행동을 개시한 것이다.

단 한 달. 한 달 만에 다시 나타난 사황성의 힘은 가히 공포였다.

사천당문과 청성까지 하루 만에 몰살당한 것이다.

청성의 칠십이파검을 비롯한 대라산수, 절영수 등 무시무시한 검공과 장공 등 수백 년에 걸쳐 세상을 질타해 온 무공이 아무런 소용이 없었다.

당문도 마찬가지였다.

사대금기의 암기까지 동원했건만 혈마강시를 완전하게 파괴하지 못했고, 너덜너덜해진 혈마강시에 의해서 태상문주가 갈가리 찢겨 죽었다.

바위도 녹여 버린다는 독은 혈마강시의 몸에 묻어 있는 피를 씻는 역할밖에 하지 못했다.

무림은 침묵했다. 아니, 타의에 의해서 숨죽이며 공포에 휩싸였다.

감히 사황성에 쳐들어가자고 얘기하는 사람은 없었다.

다시 나타난 혈마강시는 세인들에게 절망을 안겨줬다.

그들의 행보에 긴장한 화산과 무당은 모든 문인에게 귀환을 명했고, 비밀리에 비급과 후기지수 몇을 대피시키는 상황까지 발생했다.

하지만 그들의 행동은 무의미한 것이었다.

청성과 당문을 초토화시킨 것으로 자기 할 일은 다 했다는 듯이 다시 사황성으로 들어가 버린 것이다.

그러자 무림맹을 비롯한 이들의 모든 시선이 만마성으로 향했다.

이제 사황성이 그 무시무시한 혈마강시들을 이끌고 만마성을 초토화시킬 것이라 생각했다.

그러나 그들의 생각은 틀렸다.

사황성으로 들어간 이들은 다시 나타날 생각을 하지 않았다.

아니, 오히려 나와 있던 사황성의 모든 인물이 귀주로 향했다.

그들이 귀주에 틀어박혔지만 무림은 더욱 공포에 휩싸였다.
그들이 다시 문을 열고 나올 그때를 생각하면서.

"만마성의 다른 인물들도 혹시 그런 과정을 거쳤는가?"
"아니. 철휘 놈과 장로라는 놈들이 전부야."
"어째서지?"
그렇다.
마존이라는 희대의 불세출의 고수를 만들고, 그에 육박하는
고수들을 무수히 만들어낸 방법을 어째서 썩히고 있는지 궁금
했던 것이다.
"말했잖아, 부작용이 있다고. 그 당시야 사는 데 급급해서,
그리고 사부님의 유지를 잇는다는 생각으로 했지만, 전쟁이
끝나고 찬찬히 훑어보니 문제점이 보이더군. 사부도 완전한
방법을 발견하진 못했던 거야."
"그 부작용이 무엇인지 묻지 않았는가?"
신의가 재차 물었지만, 마의는 대답하고 싶은 생각이 없었다.
'그것을 말할 수는 없지. 그것은 부작용이라고 치부할 수 없
는 문제니까.'
다른 것이 아니었다.
장로들의 마존에 대한 무조건적인 믿음.
이것을 어떻게 해석해야 할지 아직 그 답을 얻지 못한 것이다.
단순히 생사를 헤치고 나온 동료에게 갖는 믿음이라고 하기
에는 뭔가 이해할 수 없는 부분이 있었다.

당시 사황성과 싸울 때, 마존과 수하들은 그다지 친밀한 관계가 아니었다.

그런 감정이 쌓일 시간적 여유도 별로 없었다.

그런 데도 불구하고 수하들은 마존을 구하기 위해 목숨을 아끼지 않았다.

마치 평생을 함께해 온 사이 같았다.

그것은 마의 자신에게서도 발견되었는데, 어느 순간부터 마존을 의지하는 마음과 그를 위해서라면 못할 것이 없다는 생각이 들었던 것이다.

그리고 자신의 무공이 높아지면 질수록 수하들은 그에게도 같은 반응을 보였다.

하지만 우선시되는 것은 역시나 마존이었다.

마존이 없을 때만 자신이 마존의 대역이 되었다.

'그것을 알았을 때, 소름이 끼쳤지.'

아마도 주술의 힘이 정신에 영향을 준 것 같았다.

만일 그렇다면 마존이나 수하들이 완전한 혈마강시를 만난다면 어떻게 될까?

주술의 힘이 온전히 펼쳐지고, 마존보다 강인한 혈마강시라면 혹시라도 그것에 동조하거나 수하들이 마존을 위하듯이 혈마강시를 위하게 되지는 않을까란 생각이 든 것이다.

그때부터였다.

아무리 심한 부상이 있더라도 다시는 그 방법을 펼치지 않은 것은.

터무니없는 생각일 수도 있었다.

그렇지만 일단 그런 의심이 든 후에는 도저히 손을 쓸 용기가 나지 않았다.

'어쩌면 우리는 살아 있는 혈마강시 자체인지도 모르지.'

아직 변수는 있었다.

마존이 미완이라고는 하지만 혈마강시와 접촉을 했었다.

만일 마의의 이론이 옳다면 그 미완의 혈마강시들은 마존에게 복종을 해야 했다.

하지만 그 미완의 혈마강시들은 그렇게 하지 않았다.

그렇다고 마의 자신이 틀렸다는 확증도 없었다.

'믿을 놈은 그놈뿐이지.'

마존이 그의 유일한 방법이었다.

"말해줄 생각이 없는 모양이군."

"알면 됐어."

대답을 한 마의가 탁자에 놓여 있는 천으로 둘러싸인 물체를 바라봤다.

"이게 그건가?"

"맞네."

"왜 도로 가져왔지?"

이미 복귀한 유상호로부터 마존의 검이 마승에게 넘어간 것을 알고 있었다.

"흠, 흠. 주인에게 돌려주는 것이 당연한 것 아닌가?"

물끄러미 신의를 바라보던 마의가 코웃음을 쳤다.

"별것 아니지?"

그의 손가락이 검을 톡톡 두들기고 있다.

"우리도 처음엔 검의 영향인 것이라 생각했었다네."

마존이 혈마강시들을 쉽게 처리하는 이면에는 검이 무슨 역할을 했을 것이란 의견이 있었다.

그래서 마승이 검을 가지고 오자 그것을 여러 각도에서 실험을 해보았다.

일단 단단했다. 그리고 내공의 발출이 용이했다.

그러나 그뿐이었다. 다른 어떤 능력이 있거나 사이한 힘에 대항하는 능력이 있을 것이라 생각한 것은 헛된 망상에 불과했다.

"그래서 찾아온 거야?"

"물건에 이상이 없다면 그것을 휘두른 사람에게 어떤 능력이 있는 것 아니겠나?"

맞는 말이었다.

"그래, 성주는 어떠한가?"

"참 빨리도 물어본다. 뭐, 그 녀석이 할 일이 있나? 그냥 틀어박혀서 열심히 도를 휘두르는 것밖에."

"그나저나 성주의 외모가 많이 변했다던데……."

"이런저런 사정이 있어서."

아직 유상호의 외모는 돌아오지 않고 있었다.

뭘 어떻게 하기도 전에 유상호가 연무실에 틀어박혔기 때문이다.

"승산은 있다고 보는가?"

"승산이라? 글쎄, 그건 녀석이 돌아와 봐야 알게 되겠지."

모든 열쇠는 마존이 쥐고 있었다.

"이번 혈마강시는 기존의 것들하고는 비교조차 되지 않을 정도로 강한 놈들이네."

"그럴까?"

"우리와 마찬가지로 당문도 혈마강시에 대해 연구를 했고, 그것을 파괴하고자 개발한 암기가 사대금용암기 중의 하나였네. 그 화력은 과거의 혈마강시라고 해도 죽일 수 있을 정도의 물리력을 가지고 있었지."

마의의 사부가 주술력과 약초로 혈마강시에 대항하려고 했다면, 당문은 순수하게 물리력으로 혈마강시를 부수고자 했다.

"해서 당문은 자신이 있었네. 하지만 결과는……."

당문의 멸문에 가까운 패배였다.

"그나저나 진정 전대 성주와 같은 경지는 오를 수 없는 것인가?"

신의가 자세를 고쳐 앉으며 물었다.

그는 이것이 정말로 궁금했다. 만일 마의나 장로들이 마존과 같은 경지에 오르게 된다면 무림은 그야말로 또 다른 위기에 봉착하기 때문이었다.

혈마강시를 처리한다고 해도 탈태환골의 경지에 오른 무사십여 명이 하나의 문파에 있으면 없는 욕심도 생기기 마련이니.

마의가 반대를 한다고 해도 마존이나 유상호, 혹은 장로들이 다른 마음을 먹을 수 있기 때문이었다.

그런 가능성이 있다면 아무리 사제의 문파라고 해도 특단의 조치를 취해야 할 것이다.

신의의 그런 마음을 아는 건지 모르는 건지 마의는 건성으로 대답했다.

"오를 수 있으면 진즉에 올랐지. 아무리 깨달음을 얻는다고 해도 힘들걸?"

"깨달음을 얻어도 힘들다니?"

"뭐, 그것도 부작용이라면 부작용이겠지. 약초와 주술의 힘을 빌려서 강해진 것이니까."

"부작용의 하나라?"

"크크크, 사형. 뭘 걱정하는지는 알겠는데, 절대 그런 일은 없어."

"응? 뭘 말인가?"

능청스럽게 신의가 얼굴에 아무것도 모른다는 표정을 짓고 반문했다.

"그런 부작용이 없다면 진즉에 이곳 만마성의 무사들을 모조리 바꿔서 사황성 놈들을 쓸어버렸겠지. 성주에게도 이것저것 가릴 것 없이 시술했을 것이고."

마의가 그렇게 말을 했지만, 신의는 완전히 믿지 않았다.

"흥! 믿지 않는군."

"자네가 내 입장이라면 믿겠는가?"

"안 믿어도 할 수 없고."

마의가 강하게 나오자 신의로서는 내심 긴장하지 않을 수 없었다.

자신의 사제인 이 마의는 만마성을 오늘날까지 키워온 인물이다.

마의하면 의술과 함께 머리가 뛰어나다는 것이 같이 떠올랐으니.

"자."

마의가 품에서 두루마리 하나를 꺼내 신의에게 내밀었다.

"뭔가?"

"보면 알 일이지."

천천히 두루마리를 펼쳐 본 신의의 얼굴이 일그러졌다.

"이것을 받아들이리라 보는가?"

"싫으면 할 수 없고. 우리 없이 한번 잘해보라고."

"그들의 다음 목표가 이곳이 될 수도 있네."

"그놈들이? 그럴 거라면 진즉에 쳐들어왔겠지."

마의가 배짱을 부리고 있었지만, 그라고 사황성이 만마성으로 올 수도 있다는 것을 모르지 않았다.

하지만 무슨 이유에서인지 사황성은 만마성을 애써 무시하고 있는 듯한 모습을 보이고 있었다.

"으음."

마의가 가만히 자신을 바라보자 신의가 침음을 흘렸다.

"오십 년간의 침묵과 우호조약은 그렇다 치고, 이곳에 언급된 이들은 왜 이런 약조를 해야 하는가?"

"몰라서 묻는 것은 아닐 텐데?"

마의의 말마따나 몰라서 묻는 것은 아니었다.

철운영은 유상호에 의해 구해진 다음, 만마성에 같이 온 것이 아니라 개방으로 돌아갔다.

그의 증언과 마승의 증언, 그리고 마존의 용모파기로 인해 이미 그때 철운영 등이 모였을 때 나타났던 이가 마존이라는 것을 구파, 아니, 칠파의 수장들은 알고 있었다.

나이와 용모를 따져 볼 때, 마존이 그들과 형제일 수는 없으니 다른 쪽으로 결론을 내린 것이다.

바로 아버지로.

유상호에 의해서 마의도 그것을 알고 있었다. 정파에서 아직 아무런 말도 나오지 않았지만, 알고 있으리라 생각하고 협상 조항에 그것을 끼워 넣은 것이다.

"그렇다고 그 아이들이 가만히 있을 것 같은가? 그리고 오십 년 후라면 오히려 그 아이들이 설칠 것 같은데?"

"그거야 내가 감당할 일이 아니지. 그리고 우리 성주를 믿기 때문이고."

두루마리에 적힌 것은 구대문파의 장문이 서명한 연판장과 그 사실을 천하무림에 공표하는 것이었다.

바로 오십 년간 만마성에 어떠한 위해도 가하지 않을 것이고, 만일 그런 의도를 가지고 행동하는 문파가 있다면 무림맹과 구대문파가 나서서 제재를 가한다는.

그리고 철운영의 사부인 장하이를 비롯한 이들이 따로 성명을 발표해야 하는데, 그 내용이 가관이었다.

만일 자신들의 문파에서 누군가 만마성에 위해를 가한다면 육시를 하고 그 시체를 만마성에 보낸다는 것이었다.

이것은 각각의 장문이 직접 집행을 해야 하고, 그렇지 않을 시에는 무림맹이나 다른 구대문파에서 그 문파를 제재한다는 내용이었다.

물론 장하이를 비롯한 이들은 모두 철운영 등의 사부였다.

그곳에는 개방은 물론이거니와, 소림과 무당도 있었다. 아미는 이미 그 이름이 무색해질 정도로 망했고 철혜화의 사부도 죽음을 맞았지만, 나머지 세 문파가 과연 이것을 받아들일 것인가는 의문이었다.

"그걸 공표해야지만 싸움에 참여하겠어."

말을 마치고 굳게 입을 다무는 마의.

"휴우~"

한숨을 쉬는 신의의 속이 좋을 리 없었다.

아무리 전권을 위임받아 이곳에 온 것이라고 하여도 과연 소림이나 무당이 이 결정을 받아들일 것인가는 장담할 수 없었다.

그들이 반대한다면 협상 자체가 없었던 일이 되어버리는 것이니까.

"각개격파를 당할 수도 있네. 만일 그들이 우리 정파를 먼저

친다고 하여도 나중에는 결국 이곳으로 발길을 돌리게 될 것
이란 말이네."

"그럴지도 모르지. 하지만 이대로 정파와 손을 잡아도 불안
한 것은 우리야. 이기든 지든. 그리고 마지막 조항도 마찬가지
야. 무슨 일이 있어도 지켜줘야 해."

두루마리에 적힌 마지막 조항.

그것은 무림맹과 만마성이 손을 잡을 시에 모든 작전권을
만마성이 가진다는 것이었다.

"과연 그들이 이런 수모와 불리함을 가지고 협상에 응하리
라 보는가?"

"그것들 중에서 한 가지라도 지켜지지 않는다면 우리는 우
리 나름대로 살길을 모색하겠어."

사황성이라는 거대한 적을 앞두고 무림맹이 만마성을 먼저
칠 수는 없었다.

현재 무림에 있는 사파는 사황성에 줄을 대기 위해 광분하
는 무리와 더 깊은 곳으로 숨어드는 두 무리로 나뉘어 있었다.

그런 모습을 보면서도 무림맹은 그들을 단죄하거나 사황성
을 향해 공격을 개시할 수 없었다.

혈마강시만으로도 벅찬데 사황성에 모여 있을 수많은 사파
인을 비롯해 기존의 사황성 무리와 싸움을 하자는 것은 짚을
지고 불속으로 뛰어드는 것이나 마찬가지였다.

더군다나 귀주는 사황성의 영역이 아니었던가.

모든 이점을 버리고 단점이 있는 곳으로 가서 싸우는 것이

었다.

하지만 그렇다고 마냥 손을 놓고만 있을 수는 없었다.

시간이 갈수록 불안한 것은 무림맹이었다.

사황성에서 얼마의 혈마강시를 제조했는지 모르고, 또 얼마의 혈마강시가 제조되고 있는지 모르는 현 상황에서 하루라도 빨리 사황성을 쳐야 했다.

"이렇게까지 해야겠나?"

"그럼, 이렇게 안 하고 과연 우리 만마성의 안전을 보장받을 수 있을까?"

두 사람이 팽팽하게 줄다리기를 하고 있었고, 유리한 쪽은 마의였다.

"으음."

신의의 얼굴에 다시 주름이 생겼다.

"그나저나 진짜 전대 성주의 걱정은 안 하는 건가?"

신의의 물음에 그저 의미 모를 미소만 짓는 마의였다.

第七章

그 남자의 사정

魔尊 마존유랑기
浪記

"아직 놈을 찾지 못했느냐?"

"예."

대답하는 귀곡자의 얼굴은 잔뜩 굳어 있었다.

결국 찾아낸 것은 혈마강시와 흑사 등의 시체가 전부였다.

특이하다면 흑사 등의 시체가 있는 곳에서 독곡의 인물들로 보이는 이들의 시체가 있다는 것이었다. 그리고 그들 대부분이 독에 당해 죽어 있었다.

그것으로 인해서 혹시 만마성과 독곡이 연수를 했을지도 모른다는 가정을 했지만, 절강과 운남은 중원의 끝과 끝이었다.

중간에 연결 고리를 찾을 수 없었던 것이다.

만일 그들의 다리 역할을 하는 이들이 없다면 연수를 하기에 너무나도 먼 거리였다.

그렇다고 만마성이나 독곡에 사람을 보내 물어볼 수도 없었다.

부상을 당해 남았던 이들이 마존을 잡았다고 말을 했지만, 그 마존은 행방이 묘연한 상태였다.

결국 의문만 남은 채 일은 일단락되었다.

"네. 그 뒤로 샅샅이 뒤져 봤지만, 놈의 흔적은 발견할 수 없었습니다. 만마성의 동향을 살펴보더라도 그놈이 돌아온 것 같은 징후는 발견할 수 없었습니다."

"그에게서 온 소식은?"

"없습니다."

그란 바로 만마성에 심어놓은 첩자를 가리키는 말이리라.

"역시 뭔가 있는 놈 같지?"

사황성이 만마성으로 쳐들어가지 못하는 이유가 바로 이것이었다.

마존이 바로 불구대천의 원수인 방화범이라는 것을 알면서도 섣불리 움직일 수 없었다.

미완이라지만 혈마강시의 이름을 갖고 있는 것들이다.

그런 것들을 마존 혼자서만 벌써 열 구가 넘게 죽인 것이다.

그것도 이번에는 아홉 구의 합공을 막으면서 끝내는 모두 그것들을 죽음이라는 계곡에 빠뜨렸다.

사존 자신이라고 해도 그 미완의 혈마강시가 세 구 이상이라면 필패였다.

“그놈이 다시 나타나기 전에 만마성을 없애 버리는 것이 좋지 않겠습니까?”

“아니. 그때 말했던 것처럼 만마성은 마지막이다. 만일 만마성을 치더라도 그 시기는 그놈이 돌아온 이후가 될 것이다. 현재 만마성이 압박을 받는 만큼 뭔가 숨긴 힘이 있다면 끌어오지 않을 수 없겠지.”

“정녕 놈들의 배후가 있다고 생각하십니까?”

귀곡자는 사존의 의견에 동의하지 않는 모양이었다.

“너는 없다는 것에 네 목을 걸 수 있냐?”

사존이 눈을 빛내며 묻자 귀곡자의 몸이 움찔했다.

“놈을 죽이고 만마성을 찢어발기고 싶은 마음이 나보다 더 크다고 할 수 있냐?”

“……”

사존이 걱정하는 것은 마존이 보여준 이해할 수 없는 능력이었다.

도저히 상식적으로 받아들일 수 없는.

만일 이대로 만마성을 먼저 쳤다가 혈마강시들이 돌이킬 수 없는 타격이라도 입는 날이면 사황성은 분노한 정파인들에 의해서 그 흔적조차 남기지 못하고 사라질 것이다.

지금이야 사파들이 서로 잘 보이려고 안달이 난 상태이지만, 그때가 되면 언제 그랬냐는 듯이 등을 돌리고 칼날을 들이대리라는 것은 어린아이라도 알 수 있는 일이었다.

정파는 확실하게 밀 수 있었다.

그것은 아미를 상대로 시험한 결과이며, 청성과 당문으로
확인까지 마쳤다.

정파는 사황성을, 아니, 혈마강시를 막을 힘이 없었다.

마존을 제외하면 거리낄 것이 없는 상태인 것이다.

마존이 없는 지금이 오히려 기회였다.

그가 정파에 합류하기 전에 정파를 정리해 놓으면 마음 놓
고 만마성을 공략할 수 있을 것이다.

자칫 마존이 돌아오고, 정파와 만마성이 연합이라도 하는
날이면 의외의 결과가 생길 수도 있었다.

그래서 사존은 지금 모든 역량을 이끌고 소림과 무당을 쓸
어버리려는 계획을 세우고 있는 중이었다.

만마성의 배후가 있다고 하여도 만일 그들이 정파의 위기를
좌시하지 않는 이들이었다면 나서도 진즉에 나섰을 것이나,
현재 조용하다는 것은 그들이 정파를 신경 쓰지 않는다는 말
이었다.

물론 사존의 착각이었지만, 이래저래 정파와 만마성의 위기
인 것은 틀림없는 사실이었다.

"혈마강시의 상태는?"

"이미 당문과 청성에서 입었던 상처 대부분을 치료하여 멀
쩡한 상태이며 피를 듬뿍 먹여 흉성을 키워놓은 상태입니다."

"잘되었구나."

"그런데……."

"왜 그러느냐?"

"무리하게 피를 주입하여 급조한 것이 문제인지, 아니면 피를 너무 많이 준 것이 문제인지는 모르지만 현재 혈마강시들을 조종하는 데 어려움을 느끼고 있습니다."

"음… 알았다. 한번 가보도록 하자."

사존과 귀곡자가 도착한 곳은 짙은 혈향으로 가득한 밀실이었다.

가는 와중에 사존은 자신의 마음이 두근거리는 것을 느꼈다.

'흠, 어째서 이런 느낌이 드는 것일까?

그동안 이곳을 두어 차례 방문했지만, 이런 느낌이 드는 것은 이번이 처음이었다.

하지만 곧 그것을 별것 아닌 것으로 치부했다.

혈마강시와는 영혼으로 이어져 있기에 오랜만에, 그것도 거의 완성 직전의 혈마강시를 보기 때문에, 그리고 이제 곧 중원을 자신의 것으로 만들 수 있다는 것 때문에 그런 것이라 생각한 것이다.

거대한 욕조에 혈마강시 여섯 구가 누워 있었는데, 그 욕조에 가득 찬 것은 분명 붉은 핏물이었다.

그것도 신선하기 그지없는.

그 주위에는 시체가 매달려 있었는데, 그들의 발끝으로 끊임없이 피가 흘러내리고 있었으며, 그 피는 욕조를 향해 계속 떨어지고 있었다.

쿠우우우우우~

혈마강시들은 얌전히 누워 있지 않았다. 손을 휘저으며 매달려 있는 이들을 향해 괴성을 지르고 있는 중이었다.

마치 피를 더 내놓으라는 듯이.

그 모습을 본 귀곡자가 고개를 절레절레 저으며 사존을 바라보았다.

자신은 분명 가만히 누워 있으라고 했건만, 저 혈마강시들은 끊임없이 피를 탐하며 갈구하고 있는 것이다.

"으… 네… 네놈……."

사존과 귀곡자가 욕조 곁에 다가갈 때 매달려 있던 누군가가 힘겹게 눈을 떠 사존과 귀곡자를 보더니 무언가를 말하려 했다.

하지만 기력이 달리는지 몇 마디 하지도 못하고 입을 다물었다.

"먹이의 조달은?"

"순조롭게 이어지고 있습니다. 아직도 우리에게 줄을 대려고 찾아오는 놈들은 많이 있으니까요."

"어차피 편법을 이용해 혈마강시를 깨운 만큼 조금이라도 더 완성시킬 수 있도록 노력하도록."

"알겠습니다."

누워 있는 혈마강시는 지금 상태로도 거의 무적에 가까운 것들이었다. 그런데 이보다 더 강해질 수 있다는 말인가?

"몇 놈이나 먹였지?"

"이놈들까지 정확하게 육백이십입니다."

"속도가 더디군."

"흡수하는 양이 있으니 더 이상은 들이붓는다 해도 피의 질을 떨어뜨릴 뿐입니다."

"얼마나 남았지?"

"점점 줄어드는 것을 보면 머지않아 멈출 것으로 보입니다."

"좋아, 그날 바로 무당과 소림을 향해 출발한다. 준비는?"

"착착 진행되고 있습니다. 찾아오는 놈들 중에 쓸 만한 놈들은 모두 각 대로 분산을 시켰고, 조를 나누어 명령 체계를 잡는 중입니다."

"마찰은?"

"대부분은 그냥 받아들이는 모양인데, 몇 놈이 자신이 받은 지위를 인정하지 않았습니다."

귀곡자의 대답은 과거형이었다. 그렇다면 이미 모종의 조치를 취했다는 말이다.

"저기 저놈도 그중 한 놈으로, 파풍도 철가정이란 놈입니다."

사존이 들어왔을 때 중얼거렸던 사람을 가리키며 귀곡자가 말하였다.

"호오, 파풍도?"

"예."

"그래서 아직까지 의식이 있었던 것이로군."

　파풍도 철가정은 감숙에서 이름을 날리는 혈비문의 문주였다. 문도를 모두 이끌고 와서 결국은 이 꼴이 된 것이다. 그가 진바 무위도 범상치 않아서 감숙에서는 제법 이름을 알리던 자다.

　"같이 온 놈들은?"

　"저기 몇 놈 매달려 있고, 나머지는 대기 중입니다."

　욕조가 놓인 석실 옆에는 작업실이 있었고, 그곳에서는 다음 제물이 될 준비가 한창이었다. 그곳에는 따로 감옥을 만들어두었고, 그 속에는 역시 많은 사람들이 다음 차례가 오지 않기를 기원하며 절망의 시간을 보내고 있었다.

　천천히 욕조에 다가간 사존이 누워 있는 혈마강시들을 바라보다 손을 뻗어 그중 하나의 얼굴을 쓰다듬었다.

　"으음."

　사존의 입에서 희열인지 고통인지 모를 신음이 새어 나왔다.

　순간 사존의 눈에서 살짝 붉은빛이 감돌다 사라졌다.

　그때였다.

　방금 전까지만 해도 피를 탐하며 꿈틀대던 혈마강시들이 일제히 얌전해지며 그대로 멈추는 것이 아닌가?

　"괜찮군."

　"이상없습니까?"

　"그래. 아마도 나를 통해 네가 간접적인 통제를 했기에 그러는 것인 모양이다. 오히려 나는 더욱 친밀감을 느낄 수 있구나.”

　영혼으로 이어진 혈마강시와 사존이었다.

　사존의 피로 인해 눈을 떴으며, 사존의 음성으로 첫 발자국을 뗀 혈마강시들이었다.

　혈마강시가 사존이었고, 사존이 혈마강시였다.

　혈마강시가 피를 흡수함으로써 그 친밀감이 더욱 높아지는 중이었다.

　이것이 좋은 것인지 나쁜 것인지는 알 수 없었지만.

　침상에 누운 사존은 자신의 방에서 아까 혈마강시를 만질 때 느꼈던 기분을 음미하고 있었다.

　‘뭘까, 그 전율은?’

　희열이란 표현도 있었지만 그것으론 부족했다.

　영혼을 울리는 느낌. 가히 전율이라 칭해야 마땅한 느낌이었다.

　살면서 이런 느낌을 받아본 적이 없는 것 같았다.

　“쩝.”

　입맛이 돌았다. 하지만 배가 고픈 것은 아니었다.

　갈증.

　지금 그에게 필요한 것은 이 갈증을 식혀줄 무언가였다.

　침상 옆에 놓여 있는 물병을 들어 벌컥벌컥 마셨지만, 갈증은 사라지지 않았다.

　잠을 청했지만 잠은 오지 않고 갈증은 더욱 커졌다.

결국 혈마강시가 있는 석실로 다시 찾아온 사존이 남아 있는 이들을 모두 내보낸 후 욕조 앞에 섰다.

핏물에 잠겨서 얼굴만 내밀고 있는 여섯 구의 혈마강시.

이들은 고르고 고른 여인들이었고, 최후까지 혈마강시의 제조를 멈추지 않은 이들이었다. 그러나 마존이 등장해서 남아 있던 미완의 혈마강시를 모두 처리하는 사태가 발생하자 급기야는 이 여인들도 급조하는 방식을 택할 수밖에 없었다.

만일 사황성이 그대로 침묵하고 있었다면 무림맹이 단결된 힘으로 쳐들어왔을 것이고, 사파도 등을 돌렸을 것이기 때문이다.

아직 혈마강시에 대한 확신도 없는 상태에서 고립무원의 처지에 빠진다면 바로 멸문에 이를 수 있었다.

한 달간의 침묵은 혈마강시를 급조하기 위해 필요했던 시간이고, 가장 위험한 순간이기도 했다.

그러나 그 절호의 기회를 무림맹을 비롯한 정파는 입씨름을 하느라 소진하였고, 결국 사황성은 여섯 구의 혈마강시를 얻을 수 있었다.

결과는 대만족이었다.

일 년 후에나 얻을 수 있으리라 생각한 완전한 혈마강시와 비교해도 손색이 없을 정도의 혈마강시를 얻게 된 것이다.

아니, 어찌 보면 이것이 더 강할지도 몰랐다.

지금의 혈마강시는 피를 먹은 덕분인지는 몰라도 그 흉포함이 보는 이를 질리게 만들 정도였다.

청성과 당문에서 혈마강시가 얼마나 날뛰었는지 조종하는 이가 통제를 못할 정도가 되었었다.

결국 살아 있는 이들을 모조리 죽이고 그들의 피구덩이에 서서 심장을 씹어 먹으며 행동을 멈췄다.

그것을 보고받은 귀곡자가 방안을 강구했지만, 피를 먹으면 먹을수록 오히려 더욱 통제하기 힘든 상황으로 치달았다.

그런 혈마강시가 사존의 손길 한 번에 얌전해진 것이다.

모두를 내보낸 사존이 다시 혈마강시의 얼굴을 쓰다듬었다.

자르르 흐르는 전율.

손끝에서 느껴지는 기감은 살결을 맞댄 혈마강시뿐만이 아니라 나머지 다섯 구의 혈마강시와도 통하는 것이었다.

그녀들이 피를 흡수하면서 느끼는 쾌락이 바로 그것이었다.

육체의 만족이 아닌 영혼의 충족감.

너무나도 큰 기쁨으로 인해 몸이 터져 버릴 것 같은 황홀감은 오히려 불안감마저 느끼게 만들었다.

사막을 헤매던 이가 한 통의 물을 마시며 줄어드는 물을 보는 것 같은 감정이었다.

더 많은 물을 갈구하는 욕망이 솟구쳤다.

혈마강시는 물통이었고, 사존도 물통이었다. 아니, 그 둘 모두 사막을 헤매는 여행자였다.

누가 누구라고 정의를 내릴 수는 없었다.

"크윽!"

자신도 모르는 사이에 손을 뗀 사존.

그 자신도 환골탈태의 고수였다.

영혼의 강인함이라면 누구에게도 지지 않는 경지인 것이다.

"자칫 이놈들과 동화할 뻔했다."

만일 그런 사태가 벌어진다면 어떤 일이 일어날지 알 수 없으리라.

서둘러 석실을 벗어나 자신의 방으로 돌아온 사존이 침음을 흘렸다.

"으음… 어찌 이런 일이……."

그동안은 혈마강시가 바로 옆에 있더라도 아무런 상관이 없었다.

그것들은 그저 자신의 야망을 이루기 위한 도구였을 뿐이다.

그런데 지금은 미치도록 혈마강시가 보고 싶었다. 아니, 혈마강시들이 자신을 부르고 있었다.

그 전율을 다시 느끼고 싶었다.

"안 돼… 안 돼……."

혈마강시의 유혹을 물리치느라 밤을 꼬박 새운 사존이 동경에 자신의 얼굴을 비췄다.

퀭한 눈과 홀쭉해진 얼굴.

팽팽하던 얼굴의 피부도 푸석푸석해진 것 같았다.

환골탈태를 이룬 무인이 단 하룻밤 사이에 이런 상태가 된다는 것은 심각한 문제였다. 그것도 단 한 번의 접촉으로 인해.

“뭔가, 뭔가 잘못된 것 같다.”

스스로도 느낄 수 있었다.

지금의 혈마강시는 그가 마음대로 부리는 수족이 아니었다. 호시탐탐 그를 노리는 자객이나 마찬가지였다.

하지만 그렇다고 혈마강시를 파괴하거나 할 수는 없었다.

이미 무림맹을 비롯한 정파의 모든 인원이 사황성을 상대로 이를 갈고 있는 상황이었다. 만일 지금 혈마강시가 없다면 사황성은 변변한 힘 한 번 못 써보고 풍비박산이 나리라.

“하지만 이대로 가다가는…….”

한 번의 접촉으로 자신을 이렇게 만들어 버린 혈마강시를 더 볼 용기가 사라졌다.

이날은 귀곡자까지 피하고 혼자서 하루 종일 비밀 연무실에서 연무를 하며 지냈다.

연무를 마치고 운공에 들려던 사존이 사심이 끓는 것을 느끼고 자세를 풀더니 자신의 방으로 돌아왔다.

“휴우~”

노을이 지는 것을 바라보던 사존이 한숨을 쉬었다.

혈마강시가 그리웠다. 아니, 혈마강시가 주던 달콤한 전율이 그리웠다.

머릿속은 온통 혈마강시 생각으로 가득했다.

‘내가, 이 내가 겨우 그따위 것들에게 두려움을 느낀단 말인가?’

자신이 한심해졌다.

자신이 누구인가? 중원을 통틀어 몇 안 되는 환골탈태를 이룬 무인이다. 아무리 아버지의 후광을 입어 사황성을 장악했다고는 하지만, 그 속에는 남들이 알지 못하는 암투와 목숨을 건 싸움도 있었다.

너무 어린 나이에 성주 위를 물려받은 탓이었다.

음모와 배신 속에서 성주 위를 지켜 오늘에 이르게 만든 자신이다.

쾅!

내려친 탁자가 가루가 되어 천천히 흩날렸다.

"겨우 그따위 도구들에게!"

있을 수 없는 일이었고, 있어서도 안 되는 일이었다.

문을 박차고 혈마강시가 있는 석실로 찾아간 사존이 그곳에 있던 모두를 내보내고 혼자 물끄러미 그녀들을 바라봤다.

붉은 기운을 머금은 여섯 구의 잘빠진 여인들.

원래 미모가 뛰어났는지, 아니면 대법을 거치며 여인들의 얼굴이 변했는지는 몰라도 하나같이 절색에 여인이라면 누구라도 탐할 몸을 가지고 있었다.

가까이 다가가자 그녀들을 만지고 싶은 욕망이 솟구쳤다. 안고 싶었다. 피에 절은 그녀들의 몸을 탐하며 절규하고 싶었다.

"흥! 겨우 이따위 유혹에 내가 굴복할 것 같으냐!"

진기를 끌어올려 정신을 재무장한 사존이 오히려 자신을 유혹하는 혈마강시들을 제압하려 들었다.

"너희들은 그저 도구에 불과해!"

사존의 고함 소리가 석실을 울렸다.

"헉!"

눈을 뜬 사존의 입에서 당혹감이 깃든 신음성이 튀어나왔
다.

벌거벗은 채 혈마강시 위에 누워 있었기 때문이다.

핏물은 넘치다 못해 사방으로 튀어 있었고, 여섯 구의 혈마
강시 모두의 몸에 붉은 손자국이 남아 있었다.

"어, 어찌 된 일이지?"

부정하고 싶었지만, 부정한다고 사실이 사라지는 것은 아니
었다.

혈마강시와 관계를 가진 것이다.

기억을 떠올리려고 해도 전혀 아무런 기억도 나지 않았다.

"이……!"

눈앞에 있는 혈마강시를 죽이려 손을 들었던 사존이 끝내
그 손을 내려치지 못하고 천천히 내렸다.

알 수 없는 거부감.

영혼에서부터 시작된 유혹의 손길은 조금 늦춰진 상태였다.

아마도 혈마강시와 관계를 가진 것이 어떤 작용을 한 모양
이었다.

도망치듯 석실을 빠져나온 사존은 자신의 방에서 고민에 휩
싸였다.

“이럴 수는 없다, 이럴 수는…….”

이대에 걸친 꿈이 이루어지려는 순간이었다.

만마성이 찜찜하기는 하지만, 대업을 이루는 데 큰 방해는 되지 않을 것이라 여겼다.

그런데 가장 믿고 있던 혈마강시가 마지막에 와서 자신의 가장 큰 방해물이 된 것이다.

고민에 고민을 거듭하던 사존이 이윽고 무언가를 결심했는지 귀곡자를 불렀다.

“찾으셨습니까?”

지난 이틀간 사존이 돌발 행동을 했기에 걱정을 하고 있던 귀곡자이다.

그것이 혈마강시와 무관하지 않다는 것을 알기에 그 걱정은 더욱 커져 있었다.

그러던 차에 사존의 부름을 받고 온 그의 눈에 초라하게 느껴질 정도로 변한 사존의 모습이 보이자 불길함마저 들었다.

평소 워낙 깔끔한 모습을 보였던 사존이다.

이렇게 흐트러진 모습은 그가 생각하기에 부모님이 돌아가신 후로는 한 번도 없었다. 그런 사존에게서 귀기마저 엿보였다.

“내가 어때 보이느냐?”

“네?”

“내 모습이 어떠냔 말이다.”

"……."

"너도 내가 정상이 아니란 것을 알 것이다. 그리고… 아마도 이 모습은 그저 시작에 불과한 것일지도 모른다."

"성주님, 무슨 그런 말씀을……."

"그만!"

귀곡자의 말을 끊은 사존이 입술을 깨물더니 서랍 속에서 무언가를 꺼냈다.

"……!"

그것을 본 귀곡자의 눈이 커졌다.

혈(血).

단 한 글자만 적힌 책자. 바로 혈마강시의 제조법이 담긴 책자였다.

"너는 이것을 가지고 경이에게 가거라."

"소성주님께 말씀입니까?"

"그래. 그리고 도착하는 즉시 장소를 옮기도록 해라. 내가 알 수 없는 곳으로."

"네?"

"만일 내가 찾아낸다면……."

말을 줄이는 사존.

"그렇게 심각합니까?"

"정확하지는 않지만, 내가 놈들과 동화하는 것 같다."

“으음.”

심각한 문제였다.

“소성주님을 숨기실 정도로 상황이 안 좋습니까?”

“음, 뭐랄까, 나도 내가 어떻게 변할지 알 수 없다. 하지만 지금 내 마음속에 있는 것은 오로지 갈증뿐이구나.”

아직 하루가 채 지나지도 않았건만, 머릿속에 다시금 갈증이 떠올랐다.

“현재도 혈마강시는 피를 흡수하고 있습니다. 미약하기는 하지만 말입니다. 혹시 그것이 끝나면 변화가 생기지 않겠습니까?”

“크큭.”

귀곡자의 말을 들은 사존이 허탈함이 가득 묻어나는 웃음소리를 냈다.

“명아, 네가 나와 함께한 지 얼마지?”

참으로 오랜만에 들어보는 말이었다.

허진명. 이것이 바로 귀곡자의 이름이었다.

전대 성주가 죽은 이후 귀곡자와 사존은 서로가 서로를 믿으며 한 몸처럼 움직였다.

그 와중에 사존은 귀곡자를 비롯해 모든 이들에게 엄격한 상하 관계를 요구하였다.

친구처럼, 형제처럼 지내던 두 사람이지만, 그날을 경계로 주군과 신하의 관계가 된 것이다.

빈틈을 보일 수는 없었다.

성주의 지위를 확고히 하기까지 두 사람은 친구라는 것을 잊었고, 그것을 먼저 제안한 것은 귀곡자였다.

"뭐, 대충 오래되었지."

어린 시절부터 지금까지 거의 평생 동안 얼굴을 마주하며 살아온 두 사람이었다.

사존의 물음에 귀곡자가 오랜만에 편한 어조로 대답했다.

서로의 등을 맡길 수 있는 사이.

"내가 너를 더 믿을까, 아니면 경이를 더 믿을까?"

사존의 물음에 귀곡자는 답을 줄 수 없었다.

답을 듣자고 묻는 것이 아니란 것을 알기 때문이었다.

"내가 유일하게 등을 보일 수 있는 이를 꼽는다면 너일 거다. 그런데 지금 어떤지 아냐? 네가, 네가, 네가 의심스럽다. 이 책을 준다면 네가 경이에게 해코지를 하지 않을까, 혹시라도 나를 죽이고 혈마강시를 차지할 방법을 찾아내지 않을까 하는 생각이 든다."

왜 이런 말을 하는 걸까?

그런 의심이 들면서도 어째서 사존은 귀곡자에게 속내를 털어놓는 것일까?

"혈마강시를 포기하면 안 될까?"

"그러려고 했지. 그런데 그럴 수가 없더라고. 그래서도 안 되고. 만일 그것들이 없다면 우리가 얼마나 버틸 수 있을 것 같으냐?"

"……."

"너는 이 길로 경이에게 찾아가 내가 말한 대로 해다오."

"너는?"

"난⋯ 최대한 정파를 몰락시키고, 여력이 남는다면 만마성을 치겠다."

정파가 피해를 당한다면 스스로를 지키고 키우느라 다른 곳에 신경을 쓰지 못할 것이다. 그리고 많은 시간이 필요할 것이다.

그 시간을 이용해 귀곡자는 다시금 힘을 키울 수 있을 것이다.

사존은 귀곡자를 믿었다.

"그렇게 나쁘냐?"

"그래."

"음⋯ 그날, 그 화재가 일어난 날, 천년화리의 내단만 사라지지 않았다면⋯⋯"

귀곡자가 안타깝게 생각하는 것이 바로 이것이었다.

천년화리의 내단은 쉽게 얻을 수 있는 것이 아니었다.

그 자체로 화기의 집합체이기에 내공을 증진시키는 것은 물론, 양기를 북돋아주어 남자에게는 그야말로 무가지보였다.

하지만 그런 이유보다도 더욱 중요한 것이 있었으니, 바로 혈마강시와 주술로 연결된 자를 보호하는 역할이었다.

혈마강시 자체가 여인으로 이루어져 있고, 주술도 음기를 띤다. 그것에 사용되는 약초들도 대부분 음기를 띠는 것이었다. 그것과 반대로 혈마강시를 조종하는 사람은 남자인데, 그들이 먹어야 할 약초 대부분이 양기를 띠는 것이었다.

이것을 발견하기란 그야말로 하늘의 별 따기와 같아서 고금 무림사에서 딱 두 번 나왔을 뿐이다.

화재로 약재 창고가 소실된 그날, 분명 타서 없어지지 않았을 그것이 감쪽같이 사라졌다.

물론 혐의는 방화범에게 두고 있었다.

천년화리의 내단이 사라지자 혈지초를 대신 먹었지만, 그것만으로는 부족했던 모양이다.

"어떻게 될 것 같으냐?"

"모르겠다. 하지만 결코 좋은 결말은 보지 못할 것 같구나."

이미 스스로의 의지가 아닌 혈마강시의 유혹으로 인해서 정신을 잃었던 사존이다. 거기다 이제는 살심이 들끓고 피를 그리워하며 가장 친한 이도 믿지 못할 정도가 되었다.

순식간에 일어난 변화였다.

일종의 주화입마라면 주화입마였다.

사존이 일어나더니 귀곡자의 어깨를 짚었다.

"명아, 할 수 있겠지?"

그의 말을 들으며 귀곡자가 자신의 손에 들려진 책자를 바라보았다.

"차라리 없애는 것이 좋지 않을까? 혈마강시를 만드는 데 필요한 가장 중요한 재료인 음마화도 언제 다시 피어날지 모르는데."

사존의 부친인 전대 성주가 천우명을 만난 것과 음마화의

자생지를 발견한 것은 실로 우연에 우연이 겹친 일대 사건이
었다.

아니, 음마화의 자생지 옆에 살던 천우명의 부친을 만난 것
이라 해야 하겠지만.

다시 혈마강시를 이용해 무림에 복수를 하려던 천우명의 부
친은 혈마강시의 제조에 필요한 막대한 양의 약초를 모을 능
력과 안전한 공간을 제공해 줄 전대 성주와의 만남으로 일대
전기를 만들었지만, 그의 꿈은 허망하게 무너지고 말았다.

"너라면 내가 실패한 원인을 분석해서 다른 방법을 강구할
수 있을 거야."

말을 하는 사존의 눈에 붉은빛이 감돌다 사라졌다.

이전보다 훨씬 진하고 선명한 붉은색이었다.

순간 그의 손이 귀곡자의 머리로 향하다 부들부들 떨며 멀
어졌다.

"으음……."

사존이 신음을 흘리는 그때, 귀곡자도 몸을 떨고 있었다.

순간적으로 엄청난 살기가 그의 전신을 훑고 지나갔기 때문
이다.

"상아……."

귀곡자의 음성에 슬픔이 묻어 있다.

"이제 알았겠지? 내가 어떤지?"

"죽을 생각이냐?"

"글쎄, 죽을 수나 있을까? 너라면 알 수 있을 거야, 내 앞에

나타나도 되는지 안 되는지. 나를 잘 아는 너라면.”

　의자에서 일어난 귀곡자가 사존과 마주 섰다.

　서로의 얼굴을 바라보던 두 사람이 동시에 미소를 지었다.

　말은 하지 않았지만, 말보다 더욱 많은 의미가 담겨 있는 눈길이 오갔다.

　“부탁한다.”

　손을 굳게 잡은 귀곡자가 방을 나섰다.

　한동안 가만히 있던 사존이 무언가를 결심했는지 몸을 일으켰다.

　“갈 때 가더라도 경이의 길은 열어놓겠다!”

　방을 나서는 그의 뒤로 붉은 안개가 스멀거리며 피어오른다.

第八章
어떻게 말로 다 할 수 있을까

“왔냐?”

“이놈아, 위험한 고비는 넘겼다고 몇 번을 말해! 네놈 몸이나 좀 추스르란 말이다!”

마존을 본 마위가 답답한 마음에 하소연을 했다.

하지만 마존은 그런 그의 말에도 철혜화의 손을 놓지 않았다.

지금 마존의 몰골은 가히 죽음 직전에 있는 병자와 같은 모습이었다.

머리는 까칠하게 자라 있었고, 수염도 얼굴 가득 나 있었다.

사실 운남에서 절강까지 철혜화에게 내공을 계속 주입하면서 온다는 것은 쉬운 일이 아니었다.

중간에 의원에 들르기도 했지만 소용이 없었다.

의원의 실력이 모자란 탓도 있었지만, 철혜화의 상태가 그만큼 위중했기 때문이다.

결국 전서구를 날리고, 경공으로 달리다 지치면 지나가는 마차를 잠시 빌려(?) 타면서 만마성으로 향하는 수밖에 없었다. 그동안 철혜화에게 끊임없이 진기를 넣어준 것은 두말할 것도 없었다.

아무리 환골탈태의 고수라고 하여도 한계는 있는 법이었다.

하루, 이틀, 사흘…….

시간이 흘러갈수록 마존의 단전은 점차 말라갔고, 그의 몸은 말할 수 없이 피폐해져 갔다.

만일 만마성에서 장로들이 달려나오지 않았다면 철혜화의 손을 잡은 채 죽었을지도 모른다.

더욱 힘들었던 점은 비밀스럽게 만마성으로 향해야 한다는 점이었다.

이것은 마존이나 마의나 마중 나온 장로들도 알고 있는 사항이었다.

지금 사황성은 마존의 행방에 대해서 촉각을 곤두세우고 있었으니까.

철혜화의 얼굴을 쓰다듬는 마존의 얼굴에 안타까움이 깃들어 있다.

"어째서 아직도 깨어나지 않는 거냐?"

“그건…….”

말을 줄인 마의가 한숨을 쉬더니 입을 열었다.

“심리적인 요인이 있을 수도 있어. 사문이 박살 나고 오랜 도피 생활로 지쳐 있을 때 독이 침투했고 혈도도 손상을 입었으니까. 육체가 무너질 때 정신도 같이 무너질 수 있다는 것은 네놈도 잘 알고 있지 않느냐.”

마문을 만들어 사황성과 싸움을 할 때 보았던 것이다.

추격전을 계속하면서 팔이 잘린 놈이 죽을 상처도 아닌데 결국 죽어버린 일이며, 멀쩡한 몸이었지만 지쳐 쓰러져서는 일어나지 못한 일도 있었다.

그것도 초기에만 그러했다.

나중에는 마의가 약물과 주술로 그들을 변화시켰으니까.

“지금 혜화에게 계속 내공을 주입하는 것은 아무런 의미가 없다. 너도 알고 있잖아. 나머지 애들도 생각을 해야지. 운영이는? 소명이는? 기준이는? 그리고 상호는 어떻게 할 거냐? 그 애들은 죽게 내버려 둘 거냐? 사황성 놈들이 무당이나 소림으로 쳐들어가면 어쩔 거냔 말이다. 그 몰골을 해 가지고 애들에게 도움이 된다고 생각하냐? 아니, 당장 이곳으로 쳐들어오면 그냥 죽을래?”

“하지만…….”

“하지만은 무슨 하지만이야! 네놈이 나보다 의술을 더 아냐? 내가 괜찮다고 하면 괜찮은 거야. 서둘러 몸이나 만들란 말이다. 최소한 사황성 놈들이 왔을 때 찍소리는 내다 죽어야 하지 않겠냐!"

"심각하냐?"

"어느 방향으로 튈지 모르는 놈들이고, 혈마강시만 대동하고 움직인다면 어디로도 순식간에 움직일 수 있는 놈들이다. 혈마강시 단 두 구에 당문과 청성이 사라졌다. 얼마나 더 있을지도 의문이고. 그런 놈들이 어디로 어떻게 움직일지 알 수 없는 지금, 심각한 것이 당연하지. 만일 그런 혈마강시가 세 구만 무당이나 소림으로 움직인다면 그들도 장담할 수 없을 것이다."

드디어 마존이 잡고 있던 철혜화의 손을 놓았다.

현재 그의 단전은 완전히 말라 버린 논바닥과 같았다.

다만 어디서 나오는지 모를 작은 샘물이 갈라지는 것을 막고 있을 뿐이었다.

일어서려다 휘청거린 마존이 마의의 도움을 받아 신형을 세우고는 다시 철혜화를 바라보았다.

"괜찮겠지?"

"날 못 믿냐?"

"……."

마의를 바라보던 마존이 고개를 돌렸다.

"이놈이!"

마의가 장난스럽게 마존의 몸을 쳤다.

쾅당!

"이, 이놈아, 날 죽일 셈이냐?"

가벼운 손짓에 거의 날다시피 하여 벽에 부딪친 마존이 마의를 향해 원망의 시선을 보냈다.

"흥! 이 정도에 죽는다면 무슨 소용이 있을까?"

쓰러진 마존에게 마의가 손을 내밀었고, 그 손을 굳게 잡은 마존이 일어섰다.

얼굴에 미소를 지은 마존이 마의의 어깨를 두드리며 굳은 신뢰의 눈빛으로 말했다.

"나중에 두고 보자."

"뭐?"

말을 마친 마존이 문을 열고 밖으로 나갔다.

이제는 그만의 공간에서 몸을 만들려는 것이다.

그런 마존의 뒷모습을 보던 마의가 철혜화에게로 다가갔다.

"이제 그만 용서해 줄 수 없겠느냐?"

"……."

"네가 이미 정신을 차렸다는 것을 알고 있다."

여전히 철혜화는 침묵을 지키고 있었다.

"그가 아무리 밉다고 하여도 너의 아비라는 사실은 변함이 없다. 그리고 그가 너를 사랑한다는 사실도."

철혜화에게 다가간 마의가 그녀를 내려다보다 한숨을 쉬었다.

"하아~ 너나 다른 아이들이 그를 원망하는 것을 알겠지만, 그도 힘든 세월을 보냈다는 것을 알아주었으면 좋겠구나."

말을 마친 마의도 방을 나섰다.

그도 할 일이 많았던 것이다.

그렇게 마존과 마의가 빠져나간 방에서 깊은 탄식이 들렸다.

마의의 예상대로 철혜화는 깨어 있었던 것이다.

그런 그녀의 마음속을 가득 채우고 있는 것은 분노나 절망보다도 창피함이었다.

그녀가 운남과 귀주를 벗어날 때까지 그를 보살핀 것은 마존이었다.

아무리 정신을 잃었다고는 해도 신체는 그 활동을 계속했다. 그럼으로써 필연적으로 생기는 것이 있었으니……:

* * *

철혜화가 정신을 차린 것은 운남을 벗어나기도 전이었다.

정신이 들었지만 눈조차 뜰 수 없었다. 그저 온몸으로 차가운 기운을 느낄 뿐이었다.

'뭐지?'

알 수 있는 것은 자신이 흐르는 물에 놓여 있다는 것이었다.

전신에 느껴지는 차가운 물, 그리고 하체에서 느껴지는 낯선 느낌.

온갖 것들이 모두 기분 나쁜 것뿐이었다.

엉덩이 쪽에서 뭔가가 바쁘게 그녀의 살을 만지고 있었다.

순간 황당함과 분노, 수치심과 서러움이 몰려들었다.

만일 지금 그녀가 내공을 조금이라도 움직일 수 있었다면 심맥을 끊어 자살을 했을 것이다.

'잡힌 건가?'

용을 써서 몸을 움직이려고 했지만, 신음도 흘러나오지 않았다.

'이렇게 죽는 건가?'

누가 잡았는지는 몰라도 곱게 죽이지 않을 것 같았다.

이제 자신이 겪어야 할 온갖 치욕을 생각하며 두려움과 절망감에 휩싸여 있을 때 목소리가 들려왔다.

"어이구, 먹은 것도 없는데……. 왜 계속 설사를 하는지."

누군가의 음성이 들렸지만, 그것이 누구인지 알 수 없었다. 그러나 그 속에는 그녀가 예상하는 욕정은 깃들어 있지 않았다.

그저 걱정하는 마음만 담겨 있었다.

이윽고 그가 목적한 것을 다 이뤘는지 엉덩이에서 감각이 사라졌다.

이내 물속에서 꺼내어졌고, 그 누군가가 그녀의 몸을 닦았다. 그러더니 천으로 그녀의 몸을 감싸고 달리기 시작했다.

아마도 자신을 씻긴 것 같았다.

'누구지?'

이것이 호의인지 악의인지 알 정도의 정신은 있었다.

자신이 쓰러지기 전까지의 일을 기억하려고 애쓰는 철혜화.

‘그러니까 그게……’

아미에서 도망친 그녀가 할 수 있는 것은 아무것도 없었다.

거기다 그녀와 같이 도망친 문인들을 잡으려고 쫓아오는 이들 때문에라도 그저 발을 재게 놀리는 것뿐이었다. 그렇게 도망치던 그녀와 사형제들은 결국 운남까지 쫓기게 되었다.

그리고 쫓기는 와중에 뿔뿔이 흩어지게 되어 종국에는 그녀 혼자만 남았다.

아무리 총망받는 후기지수라고 하여도 이제 겨우 약관을 넘긴 나이였고, 사형제들의 죽음을 목도한 후였다.

그것만으로도 감당하기 힘들었는데, 죽음의 위협을 실제적으로 느끼는 추격전까지 당했기에 그녀의 심신은 극도로 쇠약해져 있었다.

어찌할 바를 모르고 숨어 있던 그녀에게 소란스러운 소리가 들리자, 혹시라도 흩어졌던 동문이 위기에 처한 것이 아닐까 하여 주변을 살펴보던 그녀의 눈에 철운영 등이 보였다.

반가운 마음에 다가가고 싶었지만, 거리도 멀었고 그는 신나게 쫓기는 중이었다.

열심히 그를 쫓았지만 뒤에서 가고 있었기에 사황성 무사들도 부담이었고, 그들의 속도가 너무나 빨랐기에 거리는 점차 벌어졌다.

그렇게 그녀가 그들을 따라잡았을 때 그녀의 눈에 보인 것은 쓰러지는 철운영이었다.

그리고 등장한 그녀의 또 다른 오빠 철휘.

처음엔 반가웠으나 이내 혼란에 빠져들었다.

유상호가 외치는 것을 들었고, 마존과 사황성 무인들의 대화를 들으면서 무언가 잘못되었다는 것을 느꼈다.

또 다른 충격에 빠진 그녀였고, 잠시 한눈을 판 사이에 철운영 등은 사라지고 마존이 쫓기는 상황에 처했다.

왜 그래야 하는지는 몰랐다.

그저 적에게 쫓기는 마존의 뒤를 따라간 것이다.

그렇게 따라가던 그녀의 눈에 마존이 잡히는 것이 보였고, 나름 수를 강구해서 그를 구하려고 했지만 실패했었다.

그래서 주위를 살펴 산적이나 아니면 다른 문파를 건드려 사황성 무리와 충돌하게 하려고 했는데 그때 그녀의 눈에 오십여 명의 인물이 보였었다.

수적으로 비슷해 그들과 사황성 무사들이 부딪치면 그 혼란을 틈타 마존을 구하려고 했지만 일이 틀어졌다.

그들이 독곡의 무사들이라는 것을 몰랐던 것이 그녀의 실수였던 것이다.

벽력탄을 던진 것까지는 좋았지만 순간 날아온 침들에 격중당했고, 이내 독이 그녀의 몸을 잠식해 들어갔다.

간신히 동물의 동굴을 발견하고 몸을 숨겼을 때, 독곡의 무사들이 사황성 무리를 발견한 것은 천운이었다.

그래도 혹시나 일이 틀어질 것을 염려하여 그곳에서 통증을 참으며 숨어 있었다.

결국 그녀는 독에 중독되어 죽음의 위기에 봉착하게 되었
다.

'그때 들린 목소리…….'
자신의 이름을 부르는 애절한 목소리에 대답을 한 것 같았
지만, 비몽사몽간이라 확실히 들었는지도 자신이 없었다.
그리고 정신이 들어보니 차가운 물속인 것이다.
"화아야, 걱정 말거라. 내가 의술에는 일가견이 있는 놈을
알고 있으니 이따위 독은 금방 해독시킬 것이다."
안고 가는 와중에도 의문의 인물은 끝없이 속삭이고 있었
다.
마치 그것이라도 하지 않는다면 그녀가 죽는다는 듯이.
"빌어먹을 돌팔이 같으니라고. 뭐? 좋은 장의사를 소개해
줘? 싸가지없는 영감탱이. 흥! 그 손모가지 고치려면 고생 좀
할 거다."
뭐에 화가 났는지는 모르겠지만, 들리는 목소리에 불쾌감이
잔뜩 들어 있었다.
거기까지 들은 그녀는 다시 정신을 잃고 말았다.

"꿀꺽."
뭔가가 목을 타고 넘어가는 느낌에 다시 정신이 든 철혜화.
무슨 맛인지도 느껴지지 않았고 향기도 없었다.
"히히히히, 이런 곳에서 삼을 구할 줄이야. 거기다 족히 백

년은 더 된 것 같으니 우리 화아가 복덩어리인 모양이다.”

　채신머리없이 웃는 목소리는 분명 자신을 씻기던 그 목소리였다.

　“헤헤헤헤. 어이구, 예쁜 우리 딸.”

　다 먹였는지 입을 닫고는 얼굴을 쓰다듬었다.

　‘딸?’

　점점 아귀가 맞아가고 있었다.

　“이러고 있을 때가 아니지. 빨리 그놈에게 우리 딸 고쳐 달라고 해야지.”

　다시 바람을 가르는 느낌이 들었고, 이내 정신을 잃었다.

　그녀가 다시 정신을 차렸을 때는 약초 향이 가득한 따뜻한 욕조에 누워 있었다.

　“왜 정신을 못 차리지?”

　따뜻한 물이 그녀의 몸을 씻었고, 이내 푹신한 침상으로 옮겨졌다.

　“휴우~ 이 녀석, 혹시 이 아비에게 화를 내고 있는 건가?”

　목소리에 피곤함이 묻어 있다.

　중얼거리던 소리가 멈추더니 이내 코 고는 소리가 들렸다.

　드르렁~

　그와 함께 그녀의 몸속으로 들어오던 내공이 끊겼고, 몸 곳곳에서 통증이 시작되었다.

　‘으윽!’

신음을 지르려고 했지만 입도 벙긋하지 못했고, 큰 아픔에도 몸은 뒤틀리지 않았다.

완전히 그녀의 정신과 몸은 따로 떨어진 별개의 존재 같았다.

'왜, 어째서 아픔은 느껴지는 것이지?'

창살 없는 감옥에 갇힌 답답함이 그녀를 괴롭혔고, 이내 숨까지 막혀왔다.

'이, 이렇게 죽는 건가?'

조금씩 멈춰오는 숨은 그녀에게 죽음의 공포를 전해주었다.

그때, 직무 유기에 빠져 있던 이가 깨어났다.

"헉! 이런, 내가 깜빡 잠이 들다니……."

곧 그녀의 몸속으로 내공이 흘러들어 왔고, 먼저 숨이 트이더니 지독한 통증도 서서히 자취를 감춰갔다.

"이놈! 이놈! 이놈! 어쩌자고 잠을 잤단 말이냐! 네가 그러고도 아비냐!"

찰싹! 찰싹! 찰싹! 찰싹!

아마도 자신의 뺨을 때리는 모양이다.

천천히 그녀의 눈이 떠졌다.

그녀 스스로 움직인 것이 아니라 손가락 두 개가 그녀의 눈을 벌리고 있었던 것이다.

"눈에서 검은 반점이 사라진 것을 보니 이제 어느 정도 독기는 다 빠진 모양이구나."

안심하는 목소리의 주인공.

이제야 그녀가 그의 모습을 볼 수 있었다.

퀭한 눈에 홀쭉한 볼, 삐죽이 자란 머리카락은 듬성듬성 빠져 있었다.

마치 삼 년 가뭄에 뼈만 남은 거지의 모습이 그러하리라.

그럼에도 그녀는 그가 누군지 알 수 있을 것 같았다.

손이 치워지고 눈이 감겼다.

"자, 그럼 우리 아기, 약 먹을까?"

입이 벌어지고 알싸한 액체가 그녀의 목구멍으로 흘러들어 갔다.

"그놈이 제일 좋은 약이라고 장담을 하더니, 효과가 있는 모양이군. 역시 꿍쳐 놓은 것 뺏는 데는 매가 제일이라니까. 그러게 좋게 말할 때 내놓았으면 그런 일 없잖아. 빌어먹을 놈이 안 그래도 힘들어 죽겠는데 힘 빼게 만들고 있어."

그때 갑자기 목소리의 주인공이 약을 흘려 넣던 동작을 멈추더니 살기를 뿜었다.

그러다 살기를 지우더니 이번에는 고함을 치기 시작했다.

"이 느려터진 놈들아! 왜 이제야 와!"

"서, 성주님?"

"몰골이 왜 그렇습니까?"

"그렇게 여색을 멀리하시라고 말씀을 드렸건만……."

"이 죽일 것들이! 아니지. 네놈들하고 입씨름할 시간 없으니, 가서 가장 빠른 마차를 구해와라."

"예? 마차는 왜요?"

“하라면 할 것이지. 죽고 싶냐?”

“가, 갑니다.”

한바탕 푸닥거리가 끝나고 잠시 침묵이 찾아왔다.

“흠, 흠. 몸은 괜찮으신 겁니까?”

“안 괜찮으면? 한번 엉겨볼라고?”

“걱정돼서 하는 소리지요. 그나저나 이분입니까?”

“눈깔 치워라. 우리 예쁜 화아 얼굴 닳는다.”

“에이, 그렇게 예쁜 얼굴은… 컥!”

픽! 쿠당탕!

“다시 한 번 지껄여 봐라. 확 주둥이를 찢어버릴 테니까.”

“허가 네놈은 눈이 삐뚤어졌냐? 아무리 봐도 천상에서 막 내려온 선녀 같구먼. 헤헤헤, 정말 아름답습니다, 성주님.”

“그렇지?”

“예, 예. 그렇고말굽쇼.”

그때 누군가가 다시 들어왔고, 그녀의 몸이 누군가에 의해서 들려졌다.

“성주님, 제가…….”

“됐다. 어찌 우리 화아 몸에 너희 놈들의 손모가지를 닿게 할까.”

“예?”

“예는 무슨. 빨리 앞장이나 서라.”

그 뒤로는 많은 것이 바뀌었다.

　약초를 구하는 것도, 그녀의 몸을 씻는 것도, 그녀에게 음식을 넣어주는 것도 목소리의 주인공이 아니었다.
　약초를 구하는 것은 타박을 받는 세 남자였고, 그녀를 씻기는 것은 누군지는 모르지만 나긋나긋한 여인의 손이었고, 음식을 넣어주는 것도 여인이었다.
　그렇게 만마성으로 들어와서도 목소리의 주인공은 그녀의 손을 놓지 않았고, 끊임없이 내공은 그녀의 몸으로 흘러들어왔다.
　아무리 가늘게 뽑아서 주입한 것이라고 해도 한 인간의 몸에서 나온 내공이라고는 믿을 수 없는 양이었다.
　내공도 내공이지만 그 정성도 가벼이 치부할 수 없는 것이었다.

　그런 모든 것을 알고 있지만, 그녀는 아직 마존을 대면할 용기가 없었다.
　부끄러움도 있었고 원망도 있었다.
　아니, 원망은 마존이 헌신적으로 그녀를 대하는 것을 겪으면서 많이 사그라졌다.
　그러나 아직 그녀의 머릿속에 남아 있는 어머니에 대한 기억이 그녀가 마존을 대면하는 데 걸림돌로 작용하고 있었다.
　'엄마, 어떻게 하면 돼?'
　물어도 대답은 없었다.

*　　　*　　　*

연무실로 들어선 마존이 그 자리에 쓰러지듯 주저앉았다.

그런 그의 뒤를 따라온 마의가 사발 하나를 내밀자 벌컥벌컥 들이마셨다.

"커어~ 좋다. 어떠냐? 뭔가 될 것 같냐?"

"낸들 알겠냐? 그나저나 내가 나올 때 멋있게 한마디 했으니까 그것에 걸어봐야지."

"쳇! 네놈이 계획을 했으니까 마무리도 네가 지어라."

그렇다.

이 두 놈의 작당이었던 것이다.

처음 마존이 만마성에 들어왔을 때, 마의를 찾은 것은 당연했다.

그러다 일단 그녀의 상세가 좋아지자 앞으로의 일을 의논했다.

자기가 보기에는 의식을 차린 것 같은데 어째서 일어나지 않는지 모르겠다는 둥, 나를 원망하는 마음이 너무 큰 것 같다는 둥, 관계 회복을 위해서 뭐든 하겠다는 둥, 만일 철혜화에게 아버지 소리를 못 들으면 그날로 줄초상을 치를 줄 알라는 둥.

푸념과 한탄과 협박을 곁들여 마의를 압박하여 도출한 결론이 바로 이거였다.

"내가 무슨 마무리를 지어!"

"몸 회복하라며? 여기서 몸 만들고 나갈 동안 알아서 그 녀석의 마음을 좀 돌려보란 말이다. 내가 그때는 제정신이 아니었다고 하면 되잖아. 음… 그래! 주화입마 어떠냐? 그래서 사고를 치고도 몰랐다고 말이다.”

“말이 되는 소리를 해라.”

“왜? 왜 말이 안 돼?”

“주화입마 걸린 놈이 때맞춰 여자 후리고 다니냐? 그것도 야반도주까지 해가면서?”

“그런 것 비슷한 거 있잖냐, 보름달만 뜨면 주체 못할 욕정을 느끼는.”

“쯧쯧, 지랄한다.”

혀를 차면서 고개까지 저은 마의가 한심하다는 눈빛으로 마존을 바라보았다.

“뭐?”

“너는 그런 주화입마 들어봤냐?”

“들어봤는데?”

“그래? 너 같은 놈이 또 있었나 보다.”

“안 통할까?”

“차라리 주둥이 닥치고 무조건 미안하다고 해! 어디서 되도 않는 핑계로 속이려고 하냐? 그나저나 상호는 안 만나볼 테냐?”

유상호는 아직까지 연무실에서 나올 생각을 안 하고 있었다.

“그 녀석도 이번 기회에 무공 좀 올리라고 하지, 뭐.”

"인정머리없는 놈. 그나저나 정말 그렇게 할 생각이냐?"

"남들 다 하는데 나라고 왜 못해?"

"그래도 자식이라고… 쯧쯧."

"만일 내가 죽더라도 네가 꼭 화아하고 호아를 도와줘야 된다. 알았지?"

이미 무당, 소림을 위시해서 정파들은 후기지수와 비급으로 훗날을 도모하고 있었다.

이번 사황성의 발호는 그만큼 위협적인 것이라는 말이다.

"걱정 마라. 그 곽정이란 놈이 머리가 좀 돌아가는 놈 같으니 내 잘 가르쳐 놓으마."

"네가 있어서 내가 마음 놓을 수 있지."

"쳇! 입바른 소리 하고 있네. 그나저나 누굴 데리고 갈 생각이냐? 독고 놈은 무조건 쫓아간다고 하는 것 같던데."

독고 장로의 부인인 구예명과 처남인 노호검 구환이 딴짓거리를 하는 것을 마의가 잡아내었다.

아무리 그들이 은밀하게 행동한다고 하여도 마의의 눈을 벗어나지 못한 것이다.

지금까지 그냥 눈감아줘서 그렇지 그가 행동을 개시하자마자 걸려든 것이 바로 그들이었다.

그런 그들의 목을 손수 친 것이 바로 독고 장로였다.

"그놈은 지금 뭐 하고 있냐?"

"속이 좋겠냐? 나머지 놈들 데리고 매일 술판이다. 이제 그만 정리하고 슬슬 몸을 만들라고 해야지. 어쭙잖은 취권으로 놈들과 붙을 생각이 아니라면 말이다.”

“그래? 흠… 그냥 가고 싶은 놈들만 데리고 가지, 뭐.”

“아마 다 따라간다고 할걸.”

“이제 싸움이 질리지도 않다냐? 죽을 자리 꼭 찾아가야겠다던?”

“지 놈들 좋아서 그러는 것을 어찌한단 말이냐?”

“흥!”

남들 같으면 감동이라도 하련만 마존은 콧방귀를 뀌고 있다.

“아무튼 몸은 확실하게 추슬러라. 나는 그놈들에게나 가봐야겠다. 아참, 그리고 이거.”

내미는 마의의 손에 예의 그 거대한 검이 들려 있었다.

“이게 왜 너한테 있냐?”

“왜긴, 그놈들이 돌려줬으니까 있지. 왜? 필요없냐?”

“아니.”

냉큼 받아 든 마존이 검을 유심히 살폈다.

혈마강시를 몇 번이나 두들겼을 검은 이 하나 빠진 곳 없이 멀쩡했다.

“그나저나 그놈은 아직도 못 찾았냐?”

“어디로 숨었는지 코빼기도 안 보인다. 혈련 놈들은 좀 돌아다니는 것 같은데, 붙잡아도 잔챙이뿐이라 놈에 대한 소식은 알 수가 없더라.”

“그 씹어 먹을 놈은 꼭 잡아야 하는데…….”

"염려 마라. 내 지하에 숨더라도 꼭 찾아낼 테니. 그리고…
신녀문도 피신을 했다더구나."

"응? 신녀문?"

"네놈 새 마누라 있는 곳 말이다."

"지랄하네. 헛소리하려거든 어여 나가라."

"가지 말래도 간다."

마의가 신녀문을 언급하고 나가자 마존의 뇌리에 떠오르는
이름이 있었다.

'그 여옥이란 아이는 지금 뭘 하고 있으려나?

이내 머리를 흔들어 그녀의 생각을 툴툴 털어버린 마존이
검을 한쪽에 세워놓고 가부좌를 틀었다.

"일단 이놈이 뭔지부터 좀 확인하고 보자."

운남에서 절강까지 마존을 지탱하고 있던 힘.

끊임없이 철혜화에게 내공을 불어넣어 줄 수 있도록 해준
힘.

그의 내부에 있으면서도 이제껏 알지 못했던 힘.

그것을 한번 탐구해 보려는 생각이었다.

점차 마존은 그의 내부를 향해 빠져들었고, 이내 석실은 그
가 내뿜는 희뿌연 연기로 가득 찼다.

마존의 새로운 변신이 시작된 것이다.

第九章
모든 것은 내 뜻대로

가만히 가부좌를 틀고 있던 마존은 뭔가 이상함을 느꼈다.

'왜 이리 더워?'

아직 본격적인 탐험을 나서기도 전에 그의 몸이 끓어오르고 있는 것이다.

그러나 특별히 피해를 보는 것이 없다고 생각되자 다시 생각을 집중시켰다.

'이놈이 어디에 있으려나?'

위치는 알면서도 모르는 애매한 상황이었다.

있는 곳은 단전이었지만, 그 단전 어느 구석에 처박혀 있는지 모르는 것이다.

'그동안 수없이 들여다봤건만 이놈을 놓치다니.'

　그의 정신이 단전으로 들어간 순간 한없이 작아진 그가 드
넓은 공간을 유영했다.
　'에구에구, 이렇게 쫄쫄 말라 있을 줄이야.'
　그의 단전은 텅 비어 있었고, 지금 그곳을 향해 밝은 빛줄기
들이 빨려 들어가고 있었다.
　하지만 단전은 넓었고, 들어오는 빛줄기는 그것을 채우기에
턱없이 부족했다.
　아무래도 다리가 절단 날 정도로 앉아서 운기조식을 해야
할 것 같았다.
　'그나저나 내 단전이 이렇게 컸었나?'
　다시금 생각해 보니 유입되는 빛의 양은 예전과 똑같았다.
아니, 훨씬 더 많은 것 같았다.
　하지만 상대적으로 단전이 더 커졌기에 적어 보였던 것이
다.
　'예전에 그런 커다란 덩어리는 본 적이 없는데……'
　단전에 들어 있다고 모두 내공으로 화하는 것은 아니었다.
　먹은 보약이나 깨달음을 얻어 급격하게 늘어난 내공은 꽁꽁
얼은 얼음마냥 굳어서 단전의 한편에 놓인다.
　그럼 그것을 시간을 들여 열심히 녹이는 것이다. 그렇게 녹
아든 내공이 단전을 키우고, 커진 만큼 내공을 흡수하는 것이
바로 내공심법이었다.
　내공을 키운다는 것은 한마디로 단전을 키우는 것이라는 말
이다.

어떤 이는 온몸을 단전으로 만들었다고도 하는데, 그런 이들은 예전에 신선으로 화했을 것이다.

열심히 단전 내부를 돌아다니며 혹시 안 주워 먹은 내공이 있나 살펴보던 마존이 결국 두 손을 들었다.

아무리 뒤져도 손톱만 한 알갱이조차 발견할 수 없었다.

'젠장! 벌써 다 썼나?'

하긴 이만큼 단전이 커졌다면 다 쓰고도 남았으리라.

그래도 혹시 몰라 한번 철혜화에게 내공을 주었던 것과 같은 상황을 만들어보기로 했다.

몸에 쌓여 있던 여독이나 노폐물도 청소할 겸 온몸의 모공을 이용해서 내공을 발출해 보기로 한 것이다.

그렇다고 급격하게 배출했다가는 넓어진 모공으로 인해서 보기 흉한 꼴이 될 테니 살살, 아주 살살 조금씩 내공을 배출했다.

앉아 있는 마존의 몸에서 아지랑이가 피어오르더니 그것이 점점 안개처럼 그의 몸을 감쌌고, 이내 그의 몸을 허공으로 들어 올렸다.

그렇게 계속 빠져나온 내공은 공기 중에서 분해되는 것이 아니라 마존의 몸을 휘돌며 더 많은 주위의 기를 빨아들여 덩치를 키우고 있었다.

한편, 단전에 틀어박힌 마존은 외부의 이 같은 변화를 모르고 있는 중이었다.

다만 기를 뿜어내면 낼수록 심신이 편해지는 것을 느끼고는 열심히 내공을 뿜었다.

그렇게 뿜어내기를 얼마나 했을까?

어차피 받아들인 것이 얼마 없었기에 비워내는 데 그리 오랜 시간이 걸리지 않았다.

'옳지. 다 비웠다. 그럼 어디, 어디에서 빠져나가나 볼까?'

자신은 단전이 비었다는 것을 알 수 있었는데, 밖으로 뿜어지는 내공은 그 줄기가 끊이지 않고 있었다.

실로 모질고 질긴 놈이었다.

그러나 그에게는 내공은 고사하고 떨어진 티끌도 보이지 않았다.

'어라? 그럼 이놈은 어디서 오는 거야?'

분명히 단전에서 빠져나가는 내공은 있었다. 그런데 그 출처가 불분명한 것이다.

단전 속을 아무리 뒤져도 보이지 않는 내공. 하지만 가느다란 실처럼 빠져나가는 것이 분명 이곳에 내공이 있다고 항변하고 있다.

이번에는 거꾸로 탐험을 하기 시작했다.

실을 따라서 가보니 그곳은 단전의 벽이었다.

붉고 단단한 그의 자랑스러운 단전. 그 벽에서 가느다란 실이 뽑아져 나오고 있었다.

'뭐지?'

이제까지 단전의 벽에 대해서는 신경을 써본 적이 없는 그였기에 참으로 신기하게 생각되었다.

'흠, 설마 이 붉은 벽이 전부?'

그가 단전을 탐험하게 된 것은 환골탈태를 이루면서였다.

그전까지는 몸을 관조하는 것이 전부였는데, 벽을 넘으면서 단전도 탐험할 수 있었고, 덕분에 아직까지도 내공으로 화하지 않던 찌꺼기들을 발견하여 단전을 더 넓힐 수 있었다.

그런 것들에 비하면 이건 완전히 노다지였다.

최소한으로 얇게 발라져 있다고 하여도 그가 지금까지 발견한 찌꺼기들을 다 합친 것보다 많았기 때문이다.

그때부터 마존은 내공을 뽑는 것을 중지하고 그것을 몸 구석구석으로 이끌었다.

천천히 소주천을 한 마존이 다시 대주천을 하였다.

이미 뚫려 있는 혈도들이었기에 거침이 없었다.

한 바퀴를 돌 때마다 내공은 점점 그 크기를 더해갔고, 나중에는 혈도가 가득 찰 정도가 되었다. 그런데 신기한 것은 내공이 늘어남에 따라 혈도가 유연하게 그 크기를 넓혀간다는 것이다.

고수란 단전의 크기도 중요하지만, 혈도가 얼마나 넓고 질긴가 하는 것도 많은 영향을 끼친다. 혈도가 넓고 질길수록 내공도 신속하게 많은 양을 한 번에 옮길 수 있기 때문이다.

마존은 그렇게 계속 발전하고 있었다.

어느 순간 마존을 둘러싸고 회전하고 있던 내공이 그의 몸속으로 빨려 들어갔다.

그러더니 이내 몸이 붉은빛으로 빛나더니 부풀어 올랐다 작아지기를 반복했다.

육체가 그런 변화를 겪는 와중에도 마존의 정신은 여전히 붉은 벽을 녹이기에 여념이 없었다.

아니, 사실 마존은 지금 육체의 변화에 신경을 쓰지 못하고 있었다.

무아지경 속에서 조금씩 새로운 경지로 나아가느라 주변을 돌아볼 여유가 없었던 것이다.

*　　　*　　　*

무림을 뒤흔들 사건이 벌어졌다.

사황성에서 기어코 칼을 빼 들어 무당을 친 것이다.

물론 긴 무림의 역사 속에서 무당이나 소림도 적도의 침입을 받긴 했다. 하지만 이렇게 일방적으로 처참하게 무너진 것은 결단코 처음이었다.

전각은 불타올랐고, 무당의 검은 힘없이 부러졌다.

바짝 긴장한 소림은 전 문도를 이끌고 안휘로 향했다.

한 번도 비워진 적이 없는 소림사의 대웅전이 침묵에 잠겼고, 장격각의 고서는 은밀히 후기지수들과 함께 자취를 감췄다.

소림의 이동과 동시에 각 지역에 있는 무림세가들도 모두 안휘로 향했는데, 그들도 모두 자신들의 본거지를 비워놓고 후일을 도모할 후계자들을 피신시킨 채였다.

그 와중에 의외라면 바로 진가장이 사황성에게 자금을 대주었다는 것이다.

물론 그곳 말고도 사황성과 손을 잡은 곳은 많았지만, 정파의 대표 격이라 할 수 있는 곳에서 사황성과 손을 잡은 것은 진가장이 처음이었다.

이것을 두고 말이 많았지만, 누구도 그들의 정확한 의도를 파악하지는 못했다.

그 소식이 들리자마자 남궁세가는 진가장과의 절연을 선언하면서 진가장을 사황성 다음의 주적으로 삼겠다며 세상에 외쳤다.

그렇게 충격과 의문이 무림을 강타하는 동안 또 한 번의 거대한 파도가 그들을 덮쳤다.

소림을 위시한 남아 있는 구대문파와 남궁세가 등의 세가들이 만마성과 연합하였고, 이 전쟁의 결과가 어떻든 향후 오십 년간은 상호 불가침의 조약을 맺는다는 것이었다.

거기다 어느 문파든 먼저 만마성을 치려고 한다면 그들 스스로가 나서서 만마성을 보호하고 그 문파를 제재한다는 파격적인 내용도 있었다.

물론 만마성이 절강을 벗어나려는 시도를 하거나 타 문파에 위해를 가하면 위의 약정은 무효가 된다는 조항이 있기는 했다.

　아니, 그 이외에도 여러 가지 조항이 있기는 했지만, 중요한 것은 그것이 아니었다.

　이 성명의 발표로 인해 정파가 얼마나 만마성에 기대를 가지고 있는지를 말해주는 것이 가장 중요한 일이었다.

　소림도 아니고 무림맹도 아니고, 바로 사파의 한 축으로 일컬어지던 만마성이 이제는 무림의 중심에 우뚝 선 것이다.

　만일 이 전쟁이 승리로 끝난다면 만마성은 사파뿐만 아니라 정파의 우상이 될 수도 있었다.

　그렇게 된다면 향후 무림을 좌지우지하는 권력을 손에 넣을 수도 있는 것이다.

　그런 위험부담을 안고서 만마성을 이번 전투의 중심에 올려놓는 것은 그만큼 정파가 다급하다는 의미였다.

　그 성명 발표와 함께 안휘에서 절강으로의 대이동이 시작되었다.

　"젠장! 이놈의 서류는 해도 해도 끝이 없구나!"

　자기 키 높이만큼 쌓인 서류를 빠른 속도로 처리하는 마의의 입에서 불평이 터져 나왔다.

　"휴우~ 이것들을 어떻게 두고 가지?"

　그래도 몇십 년을 같이한 서류 더미였다.

　"그렇게 아쉬우면 갈 때 싸 줄까?"

　"응?"

　어느새 마의의 앞에 나타난 인물이 있었는데, 바로 마존이었다.

다 죽을 것 같던 모습은 어디 가고, 오히려 이전보다 더욱 젊어져서 나타났다.

누가 본다면 약관을 갓 넘긴 청년으로 생각할 것이다.

"너?"

"흐흐흐! 어떠냐, 이 몸의 놀라운 변신이?"

"반로환동이라도 한 것이냐?"

"글쎄, 반로환동인지 뭔지는 모르겠지만, 기분은 끝내주게 좋다. 자, 일단 진맥부터 해봐라."

"진맥?"

"그래! 그 화정출즉사인지 뭔지 나았는지 한번 보란 말이다."

아직까지 마의는 마존에게 사실을 고백하지 않았다.

이것이 좋은 기회이긴 했다.

그의 거짓말을 좋게 무마할 수 있는 핑계가 절로 찾아온 것이다.

훌러덩 옷을 벗고는 바닥에 누운 마존을 바라보던 마의의 얼굴이 살짝 일그러졌다.

'빌어먹을 놈. 젊어진 것도 모자라 더 커진 것 같잖아? 안 그래도 괴물이었는데 이무기가 용이 됐군. 굵기도 더 굵어진 것 같아.'

현재 마존의 몸은 살짝 붉은빛이 감도는 탄탄해 보이는 육체였다.

한 가지 이상한 점이라면 온몸의 체모란 체모는 하나도 없다는 것이었다.

그래서 그 흉측한 괴물이 더 적나라하게 보였다.

"이번에는 털이 안 났네?"

"그렇지? 나도 이상하더라. 하지만 자세히 보면 싹이 보이긴 하거든. 아마도 곧 정상이 되겠지, 뭐. 쓸데없는 소리 그만하고 빨리 진맥이나 해보란 말이다."

진맥을 한답시고 마존의 몸을 이리저리 살펴보던 마의가 놀라움을 감추지 못했다.

'이게 뭐지?

도저히 사람의 몸이라고 볼 수 없는 그런 것이었다.

놀란 표정의 마의를 본 마존이 궁금한 듯이 캐물었다.

"어때? 나았냐?"

"응? 아, 아직 모르겠는데."

그렇게 말하고 다시 마존의 몸을 살피던 마의가 한숨을 내쉬었다.

'젠장. 이 자식은 하늘의 복이라도 타고 태어났단 말인가?

마의와 신의를 배출할 만큼 그의 사문은 뛰어났다.

그래서 지금 마존의 상태에 대해서도 어느 정도는 예측이 가능했다.

'반로환동. 틀림없다.'

이제 마존이 어떤 경지에 올랐는지 알게 된 마의가 고민에 빠졌다.

'지금 이놈이 만약 이 전쟁에 참여하지 않고 숨어 있다가 나온다면 어떻게 될까?

반로환동을 했으니 그 수명도 늘었을 것이다.

이대로 한 이삼십 년 숨어 있다가 유상호와 함께 무림에 나온다면 그때 과연 마존의 적수가 될 수 있는 이들이 있을까 하는 생각이 든 것이다.

'아니지. 만일 사황성이 무림을 일통한다면 어쩌면 기회가 없어질지도.'

지금 사황성의 행보는 갑자기 급박해진 상태였다.

이대로 가다간 진짜 그동안 어느 누구도 하지 못한 무림 일통을 이룰 수도 있었다. 그렇게 되면 그들은 마음 놓고 혈마강시를 만들어낼 테고, 그녀들의 영혼의 주인이 된 이가 대대손손 무림을 쥐고 흔들리라.

'그리고 어쩌면 이놈의 힘으로도 힘들 수가 있지.'

지금처럼 정파가 도와주는 것을 기대할 수도 없었다.

아니, 오히려 그들의 명령을 받은 전 무림이 그들을 사냥할 수도 있었다. 그리고 만일 그들이 황실까지 넘본다면 장차 마존과 수하들은 편히 잠조차 자지 못하리라.

"아, 어쩌냐니까!"

아주 몸이 달았는지 마존의 음성에 짜증이 묻어 있다.

'휴우~ 남들은 환골탈태만 해도 성인이 된다던데, 이놈은 어찌 된 게 반로환동을 이루고도 개망나닌지 원.'

필시 병이 나았다고 하면 바로 여자를 끼고 놀 놈이었다.

슬쩍 다시 마의의 눈이 마존의 은밀한 곳으로 향했다.

‘죽일 놈!’

질투였다.

“내가 느끼기에 내 몸에 이상은 없는데, 어때? 나았지?”

“확답은 못하겠다. 워낙에 네가 걸린 병이 희귀한 것이라서 말이다.”

“뭐? 왜 몰라?”

“모르는 것도 있지! 내가 무슨 만박귀라도 되는 줄 아냐?”

“그럼 언제나 되어야 알 수 있겠냐?”

“그게… 좀 더 철저히 조사를 해야 하는데, 그러려면 준비할 것도 있고, 이번 전쟁이 끝나면 그때 다시 조사를 해보자. 그동안은 내 말대로 명심하고.”

“쳇!”

좋다 말았다는 표정으로 옷을 입은 마존이 한쪽에 세워두었던 검을 마의에게 내밀었다.

“이거나 봐봐라.”

“왜?”

“아니, 이게 좀 묘한 소리를 내서.”

“뭐?”

마존에게 검을 받아 든 마의가 아무리 살펴봐도 그저 검이었다.

“이놈이 말이라도 하더냐?”

“아니. 그런 것이 아니라, 내가 막 운공을 끝내고 이놈을 집는데 막 뭐라고 떠드는 것 같더라고. 그렇다고 우는 것도 아니

고, 말을 하는 것도 아니고. 무슨 알아듣지도 못할 소리를 내더
니 어느 순간 잠잠해지는데, 혹시 이거 귀신이라도 들린 것 아
닌가 해서 말이다."

"왜? 무서워서 그러냐?"

"무섭기는 무슨."

"찜찜하면 다른 놈으로 바꾸든가."

"그럴 정도는 아니고."

"흥! 반로환동까지 이룬 놈이 겨우 귀신 나부랭이를 신경 쓰
냐?"

"그렇지? 내가 반로환동한 것 맞지?"

"네가 알아야지, 나한테 물어보면 어떻게 하나? 내가 무슨
반로환동 전문의라도 되냐?"

"이놈이 이거 왜 이래?"

까칠한 마의의 태도에 마존이 조금 황당하다는 표정을 지었
다.

"네놈은 아무리 무공이 높아져도 어찌 정신적으로는 더 망
가지는 것 같냐?"

"무슨 소리야?"

"됐다. 내 입만 아프지. 그래도 방심하면 안 된다는 것 알고
있지? 공허 대사는 너보다 훨씬 이전에 반로환동을 이룬 인물
이란 말이다."

"그 땡중은 아니라고 하던데?"

"흥! 그럼 그렇게 생각하든가."

　말을 마친 마의가 다시 자리에 앉으며 서류를 집어 들자 마
존이 서류들을 흩뜨려 버렸다.
　"뭐 하는 짓이야!"
　"네놈은 뭐 하는 짓이냐? 친구가 높은 경지에 올랐으면 축
하라도 해줘야 하는 것 아니냐?"
　"왜? 술이라도 한잔 사주랴?"
　"당연하지!"
　"웃기는 소리 좀 그만해라. 네놈이 지금 흩어버린 서류가 뭔
지 아냐? 바로 코앞까지 밀려온 사황성 놈들의 동향이다. 안
그래도 오늘이나 내일쯤 네놈 찾으러 가려고 했는데 네 녀석
이 알아서 기어나온 것이고."
　"놈들이 그렇게 빨리 움직이고 있냐?"
　"빨리?"
　어처구니가 없다는 표정으로 자신을 바라보는 마의를 보면
서 마존이 의문을 표했다.
　"응? 너 설마 모르고 있냐?"
　"뭘?"
　"네놈이 그곳에 처박힌 지 벌써 한 달하고도 이십 일이 지났
다는 것을 말이다."
　"뭐?"
　"이놈, 진짜 몰랐나 보네?"
　마의의 말을 들은 마존이 황당하다는 표정을 지었다.
　자신은 분명 힘든 운공을 끝내고 곧바로 이곳으로 온 것이

었다.

아무리 시간이 지났어도 열흘 안쪽으로 생각하고 있었다.

그런데 오십 일?

"진짜 오십 일이나 지났다고?"

그러면서 자신은 그저 운공 한 번 했을 뿐이라고 말을 하자 마의가 입을 떡 벌렸다.

아무리 무공의 고수라고 하여도 오십 일이나 아무것도 먹지 않고 사는 것만으로도 신기한데, 마존은 오히려 이전보다 더 통통해져서 나타났으니 말이다.

아무튼 새로운 정보였다.

나중에 자신의 아들에게 물려줄 정보가 생겼으니까.

진짜로 시간만 있다면 마존을 더 자세하게 관찰해 보고 싶은 그였다.

과연 누가 있어 반로환동의 고수를 마음껏 살펴볼 수 있는 기회를 갖겠는가?

"휴우~ 시간이 없는 게 한이로구나."

"놈들이 어떻기에?"

"아주 작정을 한 모양이다. 그렇게 빨리 움직이면서도 비워 둔 정파 건물들을 하나 남김없이 불태우면서 전진하고 있으니 까. 물론 건물이야 다시 세우면 되는 것이고 그 안의 알짜배기 들은 모두 다른 곳으로 빼돌렸다지만, 그게 어디 말처럼 그리 쉽냐? 전쟁이 끝나더라도 그들이 힘을 회복하려면 상당한 시일이 걸릴 거다."

"왜 그런 번거로운 짓을 한다냐?"

"알 게 뭐야, 그놈의 속을. 이 기회에 완전히 정파의 싹을 자르고 싶은 것인지도 모르지. 아니면 알아서 항복하라는 의미가 있는 것인지도 모르고."

"관은?"

"아예 눈을 감고 있다. 하긴, 그럴 만도 하지. 그들이라고 나서고 싶겠냐? 사황성의 기세와 그들이 가지고 있는 힘을 알 텐데 말이다. 만일 그들을 막으려면 황실도 상당한 피해를 감수해야 하는데, 그랬다가는 자칫 난리가 날 수도 있지. 아마도 그들이 나서는 것은 전쟁이 끝난 후일 것이다. 아니면 사황성과 모종의 계약을 할 수도 있을 것이고."

"흠."

"일단 이게 알려진 사실이고. 사실 황성에서 도움을 보내긴 했다. 물론 비공식적이지만."

"어느 정도?"

"일단 벽력탄 이백 개와 황실 고수 오십 명인데, 그들만으로도 상당한 전력이다. 내가 보기에 우리 애들 정도는 되어 보이더라."

애들이라 함은 장로들을 일컫는 말이었다.

"호오, 그런 애들을 오십이나?"

새삼 황실의 힘을 알게 되는 순간이었다.

그들이 모두를 준 것은 아닐 것이니, 분명 그들보다 뛰어난 이가 있으리라는 것은 불 보듯 훤했다. 어쩌면 환골탈태의 고수가 존재할지도 몰랐다.

그것으로 보면 무림의 가장 강대한 문파는 황실이라는 말이 틀린 것도 아니었다.

"우리는 어떻게 하기로 했냐?"

마존의 물음에 한곳에 놓아둔 두루마리를 건네는 마의였다.

"일단 이대로 하기로 했는데, 네 생각은 어떠냐?"

그곳에는 사황성과의 전쟁에서 각 전력의 배치에 관해 적혀 있었다.

"흠… 어라? 진가장은?"

"그놈들은 사황성에 붙었다."

"뭐?"

마의의 말을 들은 마존이 어처구니가 없다는 표정을 지었다.

그때 자신이 보았던 진가장은 그래도 나름 인정할 수 있는 정파란 생각을 했으니까.

"그놈들이 왜?"

"낸들 알겠냐? 그래도 대충 유추해 볼 수는 있지."

"왜 그런 것 같냐?"

"네놈의 정체가 드러났기 때문이지. 거기다 무림에서 우리 만마성을 사황성과 동급으로 대우해 주고 있기 때문이고."

"뭐?"

마의는 이 정도 얘기해 주면 마존이 알아차릴 것이라고 생각했다.

그를 너무 높게 본 탓이다.

“너, 반로환동한 놈 맞냐? 아니, 환골탈태라도 한 놈이 맞느냐고.”

“무슨 뜻이야?”

“됐다. 쯧쯧, 이놈의 세상이 어떻게 되려는지, 무공이 높아지면 높아질수록 바보가 되는 병이라도 퍼진 것인지 원.”

“죽을래?”

이 말은 알아들은 모양이다.

“생각 좀 해봐라. 네놈은 가문회 대협의 제자고, 진가장은 그분의 무공을 가지고 문파를 일으키려고 했지. 세간에는 그분의 무공을 받은 과정에 대해서 좋지 않은 소문도 있지. 그런데 알고 보니 네놈의 정체가 만마성의 주인이라는 거야. 거기다 성질은 있는 대로 더럽지. 또 그런 네가 주인으로 있는 곳이 무림의 중심으로 떠올랐고. 마침 사황성이 그런 만마성과 척을 진 상태인데, 실력도 좀 있는 것 같단 말이야. 너 같으면 어디에 붙고 싶겠냐? 그대로 대가리 디밀고 이곳으로 오고 싶겠냐?”

“난 그놈들을 딱히 벌 줄 생각 없었는데?”

“네가 언제 그런 말 한 적 있냐? 네가 말을 안 하는데 어떻게 알아?”

“흠.”

“왜, 신경 쓰이냐? 네놈 마누라 후보 중 하나라서? 혹시 벌써 일 치른 건 아니겠지?”

“실없는 소리 한다.”

“그럼 됐고.”

“그나저나 그들이 내 정체를 어떻게 알았지?”

“하긴, 당시의 네놈은 죽었다고 소문이 났었으니까. 뭐, 여러 가지가 있을 수 있겠지. 네 용모파기로 알 수 있었을지도 모르고, 사황성 놈들이 알려주었는지도.”

“흠…….”

“그나저나 그거 어떠냐니까.”

마의가 다시 두루마리에 대해 묻자 마존이 고개를 설레설레 저었다.

“정말 이대로 하고 싶냐?”

그곳에는 남아 있는 구대문파와 정파의 대표적인 세가들이 모두 이진으로 물러나 있었다. 일진에는 신녀문 같은 중형 문파들이 자리하고 있었는데, 누가 봐도 그것은 방패막이에 불과했다.

그리고 당연하게도 만마성은 그 방패의 뒤쪽에 위치해 있었다.

일진과 이진 사이의 판막이처럼.

“일단 그들이 우리의 요구 조건을 들어주면서 내건 것이니까.”

“이대로 했다가는 욕을 바가지로 먹겠는데?”

“그건 맞는 말이지.”

모든 결정권을 만마성이 쥐고 있다는 소문은 이미 오래전에 퍼졌다.

이대로 문파들을 배치하다가는 만마성에 대한 불신이 확산 될 것이고, 전쟁에서 이기더라도 중소 문파의 지지는 기대하기 힘들 것이다.

그리고 여력을 따지면 대문파들이 숨겨둔 힘이 더 클 것이기 때문에 그들이 다시 재기하는 데도 더 쉬울 것이다. 힘의 차이는 여전할 것이니까.

"하지만 상황이 변했지."

"뭐?"

"크흐흐흐, 이건 어디까지나 네놈이 그 경지에 오르기 전의 얘기지."

"왜? 내가 반로환동했다면 그들이 내 말에 껌벅 죽는다냐? 그 고집 센 정파의 골통들이?"

"아직 네놈이 이룬 경지에 대해서 실감을 못하고 있구나. 이 제는 뭐든 네 마음대로라는 말이다."

"진짜?"

"그래. 그들은 네게 막연히 뭔가 있을 것이라 기대하고 있었는데, 이제 그 실체를 직접 보여주니 기댈 곳은 너밖에 없는 것이지. 실체가 있고 없고의 차이는 상당하거든."

"그렇단 말이지."

말을 마친 마존이 회심의 미소를 지었고, 그런 마존을 바라보는 마의의 얼굴에도 음흉한 미소가 감돌았다.

第十章
전쟁의 서막

“이게 말이 되는가!”

신의가 분에 겨운 듯 화를 참지 못하고 벌떡 일어서며 고함을 지르고 있었다.

그런 그의 앞에는 새로 만든 전략 지도가 그려진 두루마리가 놓여 있었다.

“싫으면 알아서 하든가.”

그런 신의의 앞에 탁자에 발을 올리고 앉은 마존이 시큰둥하게 대꾸했다.

그런 마존과는 얘기가 통하지 않는다고 생각했는지 그의 시선이 마의에게로 향했다.

“이게 어찌 된 것이오?”

신의의 눈길을 받은 마의가 어깨를 으쓱해 보였다.

자신도 어쩔 수 없다는 듯이.

"이거, 이거, 왜 이래? 여기 주인이 누군데 누구한테 말을 하는 거야?"

"흠, 흠, 실례했소이다."

신의가 자리에 앉으며 마의에게 전음을 보냈다.

"사제, 이것이 어찌 된 것인가?"

"난들 어쩌겠수? 저놈이 꼭 저렇게 해야겠다는데. 내 눈에 든 멍도 안 보이시오?"

말마따나 마의의 눈에는 시퍼런 멍이 문신처럼 자리하고 있었다.

"과연 이것을 납득하리라 보는가? 적이 코앞인 지금 어찌 내분을 일으키려는 것인가 말일세."

"저놈한테 말하라니까요. 설득할 수 있으면 제가 설득을 해서 왔지, 그냥 여기까지 끌려왔겠습니까?"

아주 배 째라는 마의다.

"그리고 말할 때 조심하는 게 좋을 것 같은데… 저놈 성질이 지랄 맞다는 것은 내가 보증할 테니까요."

마의의 눈을 바라보던 신의가 자세를 고쳐 앉았다.

이 나이 먹고 마의처럼 눈 시퍼렇게 만들 생각은 없었던 것이다.

"험, 험. 성주."

"왜?"

마존의 대답에 신의가 하늘을 한번 쳐다보더니 '허허' 하고
웃음을 흘렸다.

강자존의 무림 세계.

그 정점을 이룬 반로환동의 고수가 누구에게 존대를 할 것
인가?

그렇게 생각하니 마음이 좀 편해졌던 것이다.

일단 거기에 성질 더럽다는 것을 더하니 이 정도는 애교로
봐줄 수 있을 것 같았다.

욕을 안 하는 것이 어디인가?

이곳에 와서 마존을 봤을 때 느꼈던 충격은 아직까지도 그
의 뇌리에 새겨져 있었다.

일전에 봤던 모습과는 천지 차이였다.

"정말 만마성 혼자 사황성을 막을 수 있다고 생각하시오?"

"우리가 왜?"

무슨 소린지 몰라 잠깐 동안 멍한 표정을 지은 신의였다.

"무슨 소리요?"

"우리가 왜 그놈들하고 싸우냐고."

"그럼 그들과 연수라도 하겠다는 것이오?"

"아니."

이렇게 되니 답답한 것은 신의였다. 하지만 연륜을 보여주
기라도 하듯이 냉정을 유지하고 있었다.

"그럼 도망이라도 치시겠다는 소리요?"

하도 어이가 없어서 되는 대로 말해본 것이었는데, 소 뒷걸

음질치다가 쥐 잡은 격이었다.

“응.”

“응?”

순간 신의는 자신이 잘못 들었다고 생각했다.

“방금 무어라고 하셨는지?”

“말했잖아. 도망치겠다고. 뭐, 딱히 그놈들하고 원수진 일도 없는데 이대로 하북으로 도망이나 가버리지, 뭐. 그곳에 가면 어린놈들이 잔뜩 있겠지?”

정파의 후기지수들이 지금 어디에 있겠는가?

산속에 숨어도 될 일이지만, 보다 안전하게 황성이 있는 북경으로 향하는 이들이 대부분이었다.

“그럴 수 있다고 생각하시는 게요?”

“당연하지. 무림맹에서 한참 싸우고 있을 때 빠지면 되는 거지, 뭐.”

마존의 말을 들은 신의가 가만히 그의 눈을 바라보았다.

마치 진위를 판별하기 위한 것 같았다.

“흠… 과연 사황성이 그런 기회를 줄까요? 그들이 하는 요량을 보면 마치 궁극의 적은 이곳 만마성인 듯 행동하는데 말이오.”

무림맹에서도 어느 정도 사황성의 의도를 파악한 모양이었다.

“놈들이 미치지 않은 다음에야 하북까지 쫓아오려고.”

“과연 그럴까요?”

말을 마친 신의가 느긋하게 몸을 뒤로 젖히며 의자에 몸을 기댔다.

그런 모습은 상당히 보는 사람으로 하여금 뭔가 있을 것이라고 생각하게 만들었지만, 역시나 그가 마존을 너무 높게 평가한 것이다.

"응."

고민할 가치도 없다는 듯이 바로 나오는 마존의 대답에 신의의 눈꼬리가 살짝 꿈틀거렸다.

'허허, 알고 이러는 것인가, 모르고 이러는 것인가?

신의가 고개를 돌려 마의를 바라보았다.

하지만 그는 아무것도 모른다는 듯이 그저 천장만 바라보고 있었다.

"사제의 계획인가?"

"말했을 텐데요. 이미 제 손을 떠났다고."

사실 마의가 말을 해주기는 했다.

"네 마음대로 해라!"

간단한 말이었고, 그것을 충분히 활용하고 있는 마존이었다.

"성주, 다시 묻겠소이다. 정녕 이것을 받아들이지 않으면 도망치실 생각이시오?"

"응."

마존의 대답을 들은 신의가 곰곰이 생각하더니 협상안을 제
시했다.

"좋소이다. 그럼 이렇게 하는 것이 어떻겠소?"

"좋은 생각이라도 있어?"

"자신의 주장을 밀고 싶다면 실력을 보여주시오. 어차피 무
림은 강자존의 세계가 아니겠소? 이러니저러니 아무리 좋은
말로 포장을 한다고 하여도 무력이야말로 자신의 뜻을 표현할
가장 좋은 방법이고, 지금은 전쟁을 앞에 둔 시점이니 성주께
서 이 의견을 밀어붙이고 싶으시다면 그에 걸맞은 실력을 보
여주면 될 것이오."

"좋아!"

흔쾌히 대답한 마존이 나 잘했지 하는 표정으로 마의를 바
라봤다.

그러자 마의가 그래 잘했다는 듯이 미소를 짓고 있었다.

"최소한 넷의 동의는 얻어야 할 것이오이다."

"알았어. 알았으니까 데리고 오기나 해."

"언제 하는 것이 좋겠소?"

"아무 때나."

"그럼 시일이 촉박하니 내일 정오가 어떻겠소?"

"좋아."

신의가 말을 마치고 방을 나서자 마존이 마의를 바라보았
다.

“누구누구 올 것 같아?”

“뻔하지, 뭐. 지금 남아 있는 환골탈태의 고수 중 이곳에 있는 이들이 바로 딱 네 명이거든.”

“안 온 놈도 있어?”

“일단 하북의 팽가는 이곳에 오지 않았지. 물론 고수를 보내기는 했지만, 팽가주는 집구석에 꼭꼭 틀어박혀 있거든.”

“호오~ 실리를 따지겠다는 건가?”

“그렇지. 만일 여기서 양패구상이라도 하는 날에는 팽가가 무림의 구성으로 우뚝 설걸.”

“비난이 만만치 않을 텐데.”

“그것을 알면서도 그러는 것은 뭔가 믿을 것이 있던가, 아니면 이곳의 상황을 절망적이라고 보는 것이겠지. 그러면서도 무사들을 보내는 것은 완전히 모른 체하기는 모양새가 좋지 않기 때문일 테고. 내가 생각하기에는 대부분의 후기지수들이 팽가에 있을 것 같다. 일종의 보호막으로 이용하는 것이지. 그것을 조건으로 무림맹도 더 이상의 요구는 하지 않은 것 같고. 그나저나 내일 올 놈 중에서 한 놈은 얌전히 있지 않을걸.”

“누구 말이냐?”

“네놈이 죽인 모용수린의 형 되는 놈 말이다.”

“모용세가에서 내가 그랬다는 것을 알기라도 한다는 말이냐?”

“일전에 내가 얘기한 것 있지? 사황성에서 너의 정체와 그 동안의 행적을 알아낸 것 같다는 말 말이다. 그것이 지금 급속도로 퍼지고 있다. 네 녀석이 모용수린을 죽인 것하며, 진가장의 비무초친에서 우승한 것 등 말이다."

"그래?"

"그래. 그리고 그 말이 퍼지기 직전에 녹림이 사황성에 붙었다."

"그놈들이?"

"응. 그동안 눈치를 보는 것 같던 놈들이 기어코 사황성의 발밑을 핥기로 한 것이지."

"뭐, 원래 그놈들이야 그쪽으로 붙는다고 생각한 것 아니었냐?"

"하긴."

"그나저나 그놈은 아직 못 찾았냐?"

"아주 꽁꽁 숨은 모양이다. 코빼기도 안 보인다. 혈련 놈들을 몇 놈 데려다가 뼈를 추렸는데도 모르더구나."

"하오문은 알고 있지 않을까?"

"일단 그곳은 완벽한 중립을 선언했기에 건드리지 않기로 했다. 그리고 이미 그곳에 의뢰를 했는데도 모른다는 답변을 주더구나."

"같은 업종에 종사한다고 편드는 건가?"

"아니. 그들도 지금 분위기가 어떻다는 것을 알고 있는데, 설마하니 일부러 모른다고 했겠냐? 우리와 무림맹 양쪽에서 수배를 내린 놈인데 말이다."

"그렇겠지."

“아무튼 대충 소림 방장 현법, 화산 장문 냉연심, 남궁세가 주 남궁창현, 그리고 모용세가주인 모용기린이 내일 나올 네 사람일 거다.”

“패버릴까?”

“어지간하면 직접적인 물리적 충돌은 자제해라. 다 전투에서 써먹을 놈들 아니냐. 네놈에게 맞은 것을 핑계로 뒤로 숨으면 어쩔 거냐?”

“그런가?”

“그래.”

＊　　　＊　　　＊

드디어 정파의 높은 어른들이 찾아왔다는 말에 그들이 있는 연무장으로 향하는 마존과 마의 앞에 유상호와 곽정이 나타났다.

곽정은 마승에 의해 구해진 뒤 곧바로 만마성으로 왔지만, 마존을 만나는 것은 처음이었다.

그리고 그의 본모습을 보는 것도.

유상호의 얼굴은 아직도 험상궂은 얼굴 그대로였다.

마존이 마의에게 고쳐 주지 말라고 했기 때문이다. 물론 마의도 고칠 생각이 없었고.

“아버지.”

“준비는 다 됐느냐?”

현재 유상호는 잠적을 위한 준비에 한창이었다.

일단 그만 움직이는 것이 아니었고, 장로들의 가족과 마의의 가족, 그리고 몇몇 어린아이들과 함께 움직이기로 했는데, 그 규모가 만만치 않았다.

일단 따로 떠나기는 하겠지만, 모두 해안에 있는 마을인 자계에 모여 그곳에서 배를 타고 이동하기로 하였다.

무공이 처지거나 아예 익히지 못한 이들은 먼저 떠났고, 이제 유상호가 나머지 인물들과 떠나면 되었다.

"준비랄 게 있나요, 뭐."

거의 모든 계획을 마의가 세웠고 또한 준비도 그가 전부 했기에 몸만 떠나면 되었다.

그들이 떠날 시기는 만마성과 무림맹의 인물들이 사황성과 싸우기 위해 성을 나서는 순간으로 정해놓고 있었다.

"안녕하십니까."

곽정이 정식으로 마존에게 인사를 하였다.

그런 그의 얼굴에는 놀람이 가득했는데, 아마도 마존이 이룬 경지에 대해서 들은 모양이었다.

"상처는 다 나았고?"

"예."

말을 하던 마존이 묘한 표정으로 곽정을 바라보았다.

이전에는 몰랐던 것을 알게 되었기 때문이다.

"흠."

낯설지 않은 느낌.

곽정의 전신에서 풍기는 무언가가 마존에게 친숙하게 다가
왔다.

가만히 자신을 바라보며 생각에 잠겨 있는 마존에게 의미심
장한 미소를 지은 곽정이 고개를 깊이 숙이더니 자리를 떴다.

"그럼, 아버지."

"그래."

다른 말은 필요없었다. 서로를 바라보던 두 사람이 손을 굳
게 잡았고, 이내 유상호는 곽정의 뒤를 따랐다.

"같이 가!"

이미 유상호와 곽정은 상당히 친분이 있는 상태였다.

마존과 마의와 같은 관계가 이어질 것 같았다.

"왜 그래?"

멀어지는 곽정의 뒷모습을 보던 마의가 물었지만, 여전히
생각에 잠겨 있는 마존이었다.

"응?"

"왜 그러냐고."

"저 녀석, 이제 보니 나와 같은 내공을 익히고 있는 것 같은
데?"

"뭐?"

"오늘 보니 확실히 알겠더라고."

"동문인 거냐?"

"동문? 글쎄……."

멀어지며 회심의 미소를 짓고 있는 곽정은 확실한 이유를

알고 있었지만, 마존은 그것을 알 도리가 없었다.

그리고 지금 곽정이 얼마나 감격에 겨워 있는지도 모를 것이다.

그의 사부가 언급한 궁극의 경지에 거의 도달한 것 같은 동문을 만난 것으로 그의 가슴은 터질 듯 부풀어 있었다.

확실한 목표를 봤으니 이제는 노력만 남았다고 생각하였다.

"그만 가자. 안 그래도 그놈들 속이 안 좋을 텐데 늦게 가서 되겠냐?"

마의의 말에 마존이 발걸음을 떼었다.

이미 그의 머릿속에서 곽정의 문제는 잊혀진 지 오래였다.

이러면 어떠하고 저러면 어떠하냐는 생각에서였다.

곽정은 유상호의 몫이었으니까.

마존이 도착한 오십여 장에 이르는 연무장에는 다섯 사람을 제외하고는 아무도 보이지 않았다.

이들의 만남에 대해서 공개적으로 하고 싶지 않은 신의의 뜻에 의해서였다.

사실 그가 데리고 온 네 명이 좋은 꼴을 보지 못할 것이라 생각해서 이런 조치를 취했다.

만일 가능성이 보였다면 많은 이들을 불러서 구경을 시켰겠지만, 그가 생각하기에 가능성은 아주 없다시피 했다.

"아미타불. 안녕하십니까."

마존이 그들 앞에 나서자 소림 방장인 현법이 먼저 인사를 하였다.

그런 그의 눈에는 믿을 수 없다는 표정이 역력하였는데, 천천히 걸어오던 마존이 서서히 기를 끌어올려 그들 앞에 왔을 때는 이미 기세만으로 네 사람을 압도하고 있었기 때문이다.

사실 그를 제외한 다른 세 사람은 마존의 기세에 질려서 입을 못 떼고 있었다.

현법이야 공허와 마주하며 그런 것에 어느 정도는 길들여져 있었기에 이렇듯 자연스런 인사를 할 수 있었다.

하지만 나머지 세 사람은 환골탈태를 이루고 나서 자신들을 압도할 만한 기세를 느낀 적이 없었다.

공허가 함부로 타인을 괴롭히는 취미도 없었고, 그를 마주할 시간도 거의 없었기 때문이다.

현법이 인사를 했음에도 불구하고 마존은 아무런 대꾸가 없었다.

그저 가만히 그들을 바라보고만 있었다.

"선재로다."

그렇게 말을 한 현법이 한 발 뒤로 물러서 신의의 옆에 섰다.

마존의 뜻에 따른다는 것을 간접적으로 시인하는 행동이었다.

이것 또한 그가 공허와 같이 있으면서 그의 경지를 엿볼 수 있었기에 할 수 있는 행동이었다.

하지만 세상에는 꼭 똥인지 된장인지 찍어 먹어봐야 아는 사람이 있었고, 이곳에는 공교롭게도 세 명이나 한꺼번에 모여 있었다.

그들의 선두에 선 것은 모용세가의 가주인 모용기린이었고, 그 뒤로 남궁세가주인 남궁창현과 화산파의 장문인인 광풍검 냉연심이 있었다.

창!

세 사람의 검이 일제히 뽑혔다.

이것은 비무를 알리는 시작임과 동시에 자신들을 압박하고 있는 마존의 기세를 떨쳐 내려는 행동이었다.

"우리는 현법 대사처럼 쉽게 수긍을 하지 못하겠소이다. 성주께서는 비무를 받아들이시겠는지요?"

보통 정파에서는 합공을 안 한다고 하지만, 그건 어디까지나 그들이 하는 말이었다.

무림을 몇 년만 돌아다니면 정파만큼 협공을 잘하는 곳도 드물다는 것을 알 수 있었다.

신의에게서 마존이 반로환동했다는 것을 들은 그들로서는 일대일로 붙어서 개박살 나는 멍청한 짓을 하기 싫었다.

세 사람이라 하더라도 마존을 꺾을 수만 있다면 일단 만마성에 기죽을 필요는 없기 때문이다.

네놈이 아무리 잘나도 우리가 힘을 합치면 얼마든지 상대할 수 있으니 까불지 말라는 경고의 의미도 될 수 있었다.

"마음대로."

꿈틀.

마존의 말에 세 사람의 눈썹이 동시에 꿈틀거렸다.

"허허허, 자, 우리는 잠시 뒤로 물러날까요? 아미타불."
현법이 말을 건네자 신의가 묘한 표정을 지었다.
"방장께서는 걱정도 되지 않으시는 모양입니다."
"걱정할 일이 무에 있겠습니까? 설마 반로환동의 경지에 오른 분이 설마 아무 생각 없이 저들을 동요시키겠습니까? 다 생각이 있으시겠지요."
태평하게 말을 하는 현법을 보면서 속으로 혀를 차는 신의였다.
'쯧쯧, 언제 한번 당해봐야 정신을 차리지.'
무의 상승과 깨달음의 깊이에 대해 너무도 집착하는 소림의 착각이었다.
"공허 사조님께서도 괴팍한 부분은 있었지만, 나중에는 그게 모두 우리에게 가르침을 내리기 위한 것이었지요."
'비교할 사람하고 비교를 해야지!'
신의가 속으로 한탄하는 것도 모르고 현법은 그저 모든 게 잘될 것이라 믿고 있는 모양이었다.
"아시지 않습니까? 그분도 젊은 시절에 어떠하셨는지. 소림의 치부로까지 여겨지던 분이셨는데 무공이 높아지면서 누구보다도 덕이 높게 변하셨지요."
사실대로 말하자면 소림의 개망나니라 불렸다.
"아… 예."

'세상에 예외란 말이 왜 있는지는 생각도 안 해보고 사나?'

현법은 느긋한 시선으로, 신의는 불안한 시선으로 바라보는 가운데 네 사람의 비무가 시작되었다.

'제발 죽이지는 마라. 아무리 멍청해도 그 정도는 알겠지.'

바람이었지만 이루어지기를 소망하는 신의였다.

그런 그의 옆에 마의가 흥미진진하다는 표정으로 섰다.

"살은 다쳐도 뼈는 다치면 안 되는 것 알지?"

"알았다, 알았어."

마의의 전음을 받은 마존이 걱정 붙들어 매라는 듯이 손을 휘휘 저었고, 그것을 비무의 시작으로 받아들인 세 사람이 검을 들고 신형을 날렸다.

비무라 그러는 것인지 남궁창현 등의 검에는 검기가 실려 있지 않았다. 하지만 그것은 그들의 엄청난 착각이었고, 비극의 시작이었다.

검강을 쭉쭉 뽑아서 덤벼도 상대가 될지 말지 모르는 판국에 그들은 풀잎을 들고 바위에 덤비는 멍청함을 선보였다.

사실 환골탈태의 경지가 높기는 해도 완전한 것은 아니었다.

그것이 완전한 것이라면 왜 반로환동이 있겠는가?

뭔가 모자란 것이 있고, 그것을 채울 때야만 반로환동이란 경지에 이르게 되는 것이다.

그렇다고 반로환동이 완전한 것이라 말하긴 일렀다.

아직 그 이상을 이룬 이가 없을 뿐이지, 그것이 끝이라 믿는 이들은 없었으니까.

어쩌면 무림인이란 영원히 만족을 모르는 어리석은 존재일지도.

아무튼 그들은 빠른 속도라 생각하며 마존을 압박하고 있었지만, 마존으로서는 기가 찰 일이었다.

'이것들이 미쳤나?'

그는 모용수린의 일도 있어서 모용기린이 아주 작정을 하고 덤벼들 줄 알았다.

그런데 이게 뭔가?

뚜껑을 열어보니 반쯤 제정신이 아닌 놈이었다.

사실 고수의 검은 검기를 두르지 않는다고 하여도 바위를 무 썰 듯 썰 수 있었다.

하지만 바위는 썰 수 있어도 썰 수 없는 것이 있었으니 바로 마존의 피부였다.

턱!

일단 찔러오는 남궁창현의 검을 손으로 잡은 마존이 그의 배에다 발차기를 한 대 먹여줬다.

펑!

날아올 때보다 빠른 속도로 뒤로 튕겨 나간 남궁창현이 입가에 스며 나온 핏줄기를 손으로 훑을 때, 모용기린과 냉연심은 뭔가 일이 잘못되었다는 것을 느끼고는 검에 검강을 실었다.

검강을 내뿜는 것은 단순히 공격적인 능력을 향상시키는 것이 아니었다.

그만큼 육체의 능력을 끌어올리는 것이었고, 속도와 집중력 등 모든 면에서 월등하게 높아진다.

한마디로 마존은 한 수로 인해 장난하지 말라는 경고를 준 것이다.

좌우에 자리 잡은 두 사람이 검강을 이용해서 마존을 공격했지만, 그들은 원하는 것을 얻지 못했다.

마존은 검을 뽑지도 않고 단지 두 손만으로 그들의 공격을 막아내었기 때문이다.

카카카카카카카캉!

손과 검강이 만날 때마다 불꽃이 튀었고, 그 불꽃이 땅에 닿으며 폭음을 만들어내었다.

두 사람이 점점 식은땀을 흘리는 와중에도 마존은 시종일관 담담한 표정을 짓고 있었다.

아니, 어찌 보면 따분하게까지 보이는 얼굴이었다.

그의 시선은 남궁창현에게 고정되어 있었는데, 어찌 된 일인지 남궁창현은 발차기를 한 번 먹은 후로 그저 떨어져서 마존을 노려보고만 있었다.

검을 가만히 내린 채 서 있는 그의 몸에서는 어떤 기운도 풍기지 않았다.

아니, 점점 그의 기운이 사라지면서 그가 그곳에 있는지조차 불확실하다는 느낌을 주고 있었다.

"허어~ 남궁가주께서 저런 경지에 오르신 줄 몰랐군요. 사
황성과의 결전을 앞둔 지금 큰 홍복입니다."

현법의 말에 신의가 고개를 갸웃했다.

아직 그는 남궁창현의 경지를 알 수 있는 실력이 되지 못했
기에 현법의 말을 알아들을 수 없었다.

그가 남궁창현을 가만히 바라보더니 고개를 갸웃했다.

분명 그 자리에 있건만 어느 순간 아지랑이처럼 흐물거리는
남궁창현의 신형을 보았기 때문이다. 마치 유령처럼 투명한
무언가가 그 자리에 서 있는 것 같았다.

그제야 신의는 남궁창현이 이룬 경지에 대해서 알 수 있었다.

예전에 들었던 기억이 떠올랐던 것이다.

곧 뭔가 대단한 일이 벌어질 것 같은 긴장감이 그들을 감쌌
다.

"미친 새끼."

이 말밖에 안 나왔다.

지금 저따위로 폼을 잡고 있을 시간이 없기 때문이다.

만일 여기가 전장이었다면 누군가의 손에 목이 따이는지도
모르고 죽었을 것이다.

솔직히 마존은 비무라는 것을 제대로 해본 적이 없었다.

사부와의 비무는 매타작이 전부였고, 그 뒤로는 생사를 건
싸움의 연속이었다.

젊은 날의 대부분을 어디서 날아올지 모르는 검을 피하며

지냈던 것이다.

그리고 만마성을 만들고는 곽정의 사부처럼 죽여 달라고 찾아오는 것들을 죽이며 가끔 무료한 시간을 보냈을 뿐이다.

그래서 사실 강도를 어떻게 조절할까 고민도 했다.

그런데 남궁창현은 아무리 봐도 '제발 죽여주세요' 하고 비는 놈으로밖에 보이지 않았던 것이다.

'죽여줄까?'

순간적으로 너무나 넓은 마음에 그런 생각이 든 것도 어쩌면 당연한 것일지도 몰랐다.

지금이 아무리 비무라고 하지만, 저렇게 오래 걸리는 공격 준비를 느긋하게 기다려 줄 생각이 없었기 때문이다.

냉연심의 검이 마치 흩날리는 매화 꽃잎처럼 마존을 향해 날아올 때, 모용기린의 검이 채찍처럼 휘어지며 수십 개의 잔상을 만들어 마존을 압박해 왔다.

남궁창현이 공격하기 위한 시간을 벌려는 듯이 그들의 공격은 점점 격해졌다. 마존이 움직인 것은 바로 그 순간이었다.

흩날리는 꽃잎과 그를 감싸듯 조여오는 빛의 채찍 속에서 마침내 그의 검이 뽑혔다.

쾅!

검이 뽑힘과 동시에 일 장에 달하는 거대한 검기가 대해를 가르듯 그들의 공격을 갈라 버렸다.

꽃잎은 속절없이 흩어졌고, 채찍은 토막토막 조각이 났다.

그러고도 남은 힘은 곧장 앞으로 쏘아지며 남궁창현의 신형을 덮쳤다.

콰콰쾅!

마존의 검이 땅에 닿지도 않았건만 그 여력은 무려 십여 장이나 뻗어나갔다.

연무장을 막고 있는 벽까지 허물고서야 그 힘이 멈춘 것이다.

바람이 먼지를 걷어내자 반 토막으로 부러진 검을 들고 있는 냉연심과 손잡이만 남은 검을 들고 있는 모용기린, 그리고 옷이 갈기갈기 찢어져 민망한 속살을 내보이고 있는 봉두난발의 남궁창현이 그 모습을 드러냈다.

아직도 그들은 충격에서 벗어나지 못했는지 눈에 초점이 잡혀 있지 않았다.

"쿨럭!"

누구라고 할 것 없이 세 사람이 동시에 기침을 했는데, 피는 나왔지만 내장 조각은 보이지 않는 것이, 내상이 심하지는 않은 모양이었다.

그렇게 모든 사람들이 비무가 끝났다고 생각했을 때, 마존의 신형이 그들을 향해 쏘아졌다.

빠바박!

세 번의 격타음.

그것을 끝으로 세 명 모두 신음을 지르며 나가떨어졌는데, 세 명이 모두 포개진 상태였다.

그제야 마존이 흡족한 표정으로 그들을 바라봤다.

"무슨 짓이오!"

신의가 대경실색하여 그들을 살펴보러 갔지만, 그러기 전에 그들이 스스로 자발적으로 일어났다.

보는 것보다 충격을 받지 않은 모양이었다.

"죽이지만 않았으면 되었지, 뭘 그리 열 내고 그래?"

마존의 말을 들은 세 사람이 침통한 표정을 지었다.

그들을 공격한 마존의 발에 아무런 경력도 실려 있지 않았다는 것을 스스로 잘 알고 있기 때문이다.

만일 마존이 마음만 먹었다면 세 사람은 병풍 뒤에서 향내 나 맡고 있었으리라.

신의가 그곳에 간 사이 현법은 큰 충격을 받고 있었다.

'어찌 이렇게 큰 차이가 있다는 말인가?'

아무리 반로환동의 고수라고 하여도 실력 차이가 너무나 심했다.

거기다 남궁창현은 물아일체의 경지에 도달한 경우가 아니던가.

아까 그가 서서히 존재를 지우던 것이 바로 그것이었다.

흔히 신검합일을 뛰어난 경지로 치부하는데, 물아일체의 경지는 자연과 하나되는 것이기에 신검합일보다 한 단계 더 위의 것이었다.

그럼에도 불구하고 세 사람은 변변한 공격다운 공격도 못해보고 마존에게 나가떨어진 것이다.

사실 현법이 물러선 것은 마존이 네 사람에게 공격을 당하면 너무도 불리하단 생각도 있었기에 물러선 것인데, 이건 자신의 예상을 훨씬 뛰어넘는 경지였다.

'아미타불······.'

그저 불호를 외는 것밖에는 그가 할 수 있는 일이 없었다.

사황성을 물리친다고 하여도 무림에 드리워질 만마성의 그늘이 너무도 크게 느껴졌기 때문이다.

아마도 이러한 생각은 신의를 비롯한 이곳에 있는 이들 모두가 갖고 있으리라.

"자, 자, 비무도 끝났고 하니 식사나 하시지요?"

능글거리는 웃음을 지으며 마의가 말했지만, 누구 하나 그 말을 따르지 않았다.

그저 마존을 한 번 바라본 후에 모두 떠났다.

충격이 큰 모양이었다.

"흥! 속 좁은 놈들 같으니라고."

술잔을 기울이며 마존이 투덜거리자 마의가 설레설레 고개를 저었다.

"너 같으면 그런 꼴을 당하고 같이 술을 마시고 싶겠냐?"

"남자라면 질 때도 있고 이길 때도 있는 거지."

"그런 너는 널 이긴 놈들을 어떻게 했냐?"

"당연히 나중에 골로 보내줬지. 흐흐흐··· 응?"

"알면 모가지 간수나 잘해."

마존이 졌다는 것은 칼침 맞고 간신히 살아났다는 얘기였다.

마문을 만들 무렵의 일이었다.

"흥!"

마존이 코웃음을 치자 마의가 술병을 들어 그의 잔에 술을 따랐다.

"그나저나 괜찮겠어? 내가 없더라도 말이다."

"봤잖냐. 개기면 몇 대 더 때려주지, 뭐."

마존이 마의의 잔에 술을 따랐고, 두 사람이 잔을 들었다.

쨍!

서로의 잔이 부딪치며 마음도 같이 부딪쳤다.

"살 수 있을 것 같냐?"

마의의 물음에 마존이 당연하다는 듯이 대답했다.

"혈마강시란 놈들, 상대해 보니 별것 아니더라. 그리고 내가 좀 잘나서 이런 경지까지 올랐는데 설마 지겠냐?"

"그럼 우리 가지 말까?"

그 말에 마존이 들고 있던 술을 단숨에 들이켰다.

"크으~"

"왜 대답을 안 하냐?"

"음… 뭐랄까, 분명 내가 상대한 놈들은 진짜 별것 아니었어. 좀 단단하다는 것과 질릴 정도로 재생이 빠르다는 것 말고는 말이야. 하지만 그놈들과 싸우면 싸울수록 이상한 기분이 드는 거야."

"어떤?"

"그러니까… 일종의 분노랄까?"

“분노?”

“응. 뭐라고 설명을 해야 하나. 그래! 기르던 개가 갑자기 덤비는 그런 것.”

“흠.”

“그리고 다른 느낌도 들었지. 어딘가에 이놈의 두목이 있을 것 같다는. 이것보다 더 뛰어난 것이 있을 것 같다는. 당시에는 막연하게만 느껴졌었는데 경지에 오르고 나니까 그것이 확연해지더라.”

마존의 말을 들은 마의가 고민에 빠졌다.

‘대법의 부작용일까? 이놈이 그것들과 만나는 것이 과연 잘하는 것일까?

자신이 걱정하던 것이 현실로 이루어질까 두려워지는 마의였다.

혹시라도 마존이 혈마강시와의 만남으로 변하지나 않을까 하는.

‘하지만 과연 그것들이 철휘 놈보다 강할까?

절대적이라 일컬어지는 반로환동의 경지였다. 아무리 혈마강시가 강하다고 하더라도 그것보다 더 뛰어난 경지라 생각할 수 없었다.

그렇지만 그렇게 생각하는 마의도 유상호를 떠나보내는 것에는 찬성이었다.

왜냐하면 그도 막연한 어떤 불안감을 느끼고 있었으니까.

마존의 강함을 알면서도 어째서 그런 불안감을 가지는지 그도 알지 못했다.

"그놈들, 다 데리고 갈까?"

마의가 장로들을 다 데리고 간다는 말을 하자 마존이 의외라는 표정을 지었다.

"왜? 언제는 가겠다는 놈들만 데리고 간다며?"

지금 장로들은 모두 마존과 함께하기로 한 상태였다.

마의가 신경 쓰는 것은 자신이 드는 이런 막연한 불안감을 그들도 느끼고 있을 것 같다는 생각에서였다.

'술을 퍼먹는 것이 독고 놈을 위로해 주려고 그러는 것 같았는데, 어쩌면 그놈들도 나와 같은 마음에서였을지도 모르겠군.'

그렇다면 그들을 혈마강시와 만나게 하는 것은 위험한 일이라는 생각이 들었다.

"그리고 이번에 찾아온 놈들도 같이 데리고 갔으면 한다."

마의의 말에 마존의 표정이 변했다.

"갑자기 왜 그러는데?"

"어차피 만고나 불곽이나 이곳에 있어봤자 그리 크게 도움이 되지 못할 것 아니냐. 같이 온 놈들도 그렇고."

비만고와 목불곽은 진가장에 오래 있지 않았다.

사황성에서 당가를 치자마자 서둘러 만마성으로 온 것이다.

그들 말고도 그렇게 떠나갔던 이들 중에서 다시 찾아온 이들이 더 있었다.

우장춘처럼 가족이 있는 이들은 오지 못했지만, 살아 있는 이들 중에서 목불곽과 같은 처지의 이들은 만마성에 힘을 보태려는 생각에서였다.

그리고 젊은 날을 앗아간 사황성에 대한 적개심이 그들을 불렀다고도 할 수 있었다.

"정파 놈들이 발광을 하겠군."

그들 말고도 만마성에는 무사들이 많았지만, 장로들이 모두 빠져나간다면 전력에 막대한 차질이 일어날 것이란 것은 뻔했다.

"네놈 말대로 몇 대 더 쥐어 패면 되지 않을까?"

마의의 말에 마존이 싱긋 미소를 지었다.

"진짜 그곳이 안전할까?"

"그래, 물론 들킬 수도 있겠지만 현재로서는 북경보다는 더 안전할 거야."

마의가 최종 목적지로 삼은 곳은 북경이 아니었다.

바로 절강 옆에 있는 주산군도였다.

"그럼."

"그래."

쨍!

다시 서로의 잔이 부딪치고 눈빛이 오간 후에 그 자리에는 마존만이 남았다.

내일이면 사황성을 향해 정사연합군이 출발하는 날이었다.

第十一章
떠나는 자와 남는 자

거대한 침상에 사존 능운상이 여섯 명의 미녀와 함께 운우지락을 나눈 후 긴 숨을 내쉬었다.

"후우~ 또 살을 섞고 말았구나."

자책감이 가득한 한숨이었다.

침상에서 일어나 옷을 걸친 능운상이 침상에 휘장을 드리우더니 밖을 향해 소리쳤다.

"거기 누구 없느냐!"

"예! 부르셨습니까!"

즉시 문을 열고 들어온 것은 예전 참마대를 이끌던 무정귀였다. 이제는 그가 귀곡자의 자리를 대신해 사황성의 이인자에 올랐지만, 어쩐지 들어오는 그의 몰골이 이전보다 더욱 초라해 보였다.

그것은 그의 얼굴 가득 덮여 있는 두려움 때문인지도 몰랐다.

슬쩍 능운상을 바라보더니 약간은 안심하는 듯한 표정을 지었다.

"어디까지 왔지?"

분명 어제 말을 했음에도 불구하고 다시 물었지만, 무정귀는 공손하게 대답했다.

이미 한두 번이 아니기 때문이다.

"현재 강서의 덕흥을 지나고 있습니다. 하루만 더 가면 절강의 경계에 이를 것입니다."

"군에는?"

"예. 이미 사람을 보냈으니 지금까지와 마찬가지로 특별한 마찰은 없으리라 생각합니다."

"놈들은?"

"분주하게 움직인다고 하였지만, 아직까지 이곳을 향해 떠났다는 보고는 없습니다. 아마도 거리가 있으니 내일이나 되어야 정확한 소식을 알게 될 것 같습니다."

무정귀의 말을 들은 능운상이 벽에 걸려 있는 두루마리를 탁자에 펼쳤다.

"음… 어디쯤일 것 같으냐?"

"귀곡자께서 예측하신 대로 금화현 부근에 있는 화석평야가 놈들의 집결지가 될 것 같습니다. 그곳에서 놈들의 정찰대를 봤다는 보고도 있으니 말입니다."

화석평야는 흙이 문제인지, 아니면 주변에 물이 없어서인지 온통 흙으로만 이루어진 거대한 평야였다.

풀도 간간이 보이는 이곳은 한 번 바람이라도 불라 치면 앞이 안 보일 정도로 흙바람이 일어나는 곳이었다.

그곳에 유일하게 생명의 징후가 느껴지는 때는 우기에 잠깐 비가 내렸을 때뿐이다.

그리고 지금은 우기가 아니니 메마른 흙만이 그 자리를 지키고 있으리라.

"그렇단 말이지."

지도를 가만히 들여다보던 능운상이 그곳에 표시된 붉은 삼각형을 유심히 바라보았다.

"아직 처리하지 않은 곳이 있구나."

"이미 떠났습니다. 그들이 돌아오면서 남궁세가를 파괴시키면 정파에서 이름있는 이들은 거의 정리가 되는 것입니다."

"팽가 놈들은 역시 움직이지 않느냐?"

"예."

그는 그것이 불만인 모양이었다.

하지만 그도 그것까지는 어쩔 수 없었다.

팽가를 치기 위해 길을 돌렸다가는 이제까지 그들을 막지 않았던 군을 먼저 상대해야 했고, 그것은 실로 앞날을 예측하지 못하게 만드는 일이 될 것이다.

거기다 후방에서 정사연합군이 공격이라도 하는 날에는 오도 가도 못하는 신세가 되어 전멸을 당할 위험이 컸다.

"그만 가보아라."

"예."

무정귀가 나가고 방 안을 서성이던 능운상이 침상을 바라보았다.

"점점 진짜 사람처럼 돼가는구나."

혈마강시들은 이제는 언뜻 보면 사람과 다를 것이 없었다.

가끔 미소를 짓는다거나 인상을 쓴다거나 하는 표정까지도 엿보였다.

그녀들이 그럼과 동시에 그에게도 변화가 찾아왔으니, 바로 그가 그가 아니게 되는 시간이 있다는 것이다.

처음에는 잠이 들었을 때, 그것도 일부의 시간만 그러더니 이제는 그가 깨어 있는 시간에도 알 수 없는 그 무엇이 그의 몸을 차지했다.

이대로 가다가는 정사연합군과 마주할 때 어쩌면 그들과 싸우는 것은 능운상 자신이 아닐지도 몰랐다.

동경을 바라보는 그의 눈에 절망감이 어렸다.

붉게 타오르는 눈동자, 붉은 피부, 그리고 붉게 변해 버린 머리카락.

그의 온몸은 활활 타오르는 붉은 태양이었다.

천천히 그의 그런 몸에서 아지랑이가 피어오르고 있었다.

다시 누군지도 모르는 이에게 몸을 빼앗길 시간이었다.

"부탁한다. 네가 누군지 모르지만, 부디 만마성을 부숴주기 바란다."

강한 일념. 그것이 사황성을 이곳까지 이끌고 온 것이었다.

만일 그것이 없었다면 어디로 갔을지 알 수 없었다.

짙어지는 아지랑이에 이내 그의 신형이 파묻혔다.

"호호호호."

사기가 물씬 느껴지는 음성.

피어오르던 아지랑이가 모두 그의 몸속으로 빨려 들어가더니 마치 호신강기처럼 은은하게 그의 몸 주위에서 맴돌았다.

"들어와라."

낮은 목소리였지만, 마치 거역하기 힘든 그 무엇이 있는 것 같았다.

"예!"

문이 열리며 들어온 것은 무정귀였는데, 그의 몸이 간간이 떨리는 것이 그가 얼마나 두려워하는지를 보여주었다.

사실 무정귀가 처음부터 문 앞에서 대기하는 입장이 된 것은 아니었다.

사황성의 실질적인 이인자가 된 그가 문지기를 할 이유가 없었다.

그러나 문지기를 하던 이가 지금의 능운상에게 잡아먹힌 후로는 어쩔 수 없었다.

그때 그가 본 것은 실로 지옥의 야차나 다름없었다.

그를 찾는다는 말을 듣고 달려온 방은 완전히 아비규환이었다.

능운상은 심장을 씹어 먹고 있었고, 혈마강시들은 팔, 다리, 머리, 몸통을 든 채 각기 피를 마시느라 여념이 없었다.

그곳에서 자신을 바라보던 붉은 눈을 본 순간 그의 머리는 백치 상태가 되었고, 어느새 무릎을 꿇고 있었다.

"부… 부르셨습니까."

"어디까지 왔느냐?"

"곧 절강을 넘어섭니다."

"놈들은?"

"아직까지 명확한 움직임을 보여주지 않고 있습니다."

"준비는?"

전쟁 준비를 물어본 것이 아니었다.

무당을 무너뜨리고 등장한 이 새로운 능운상은 오로지 만마성을 향한 여정을 재촉하기에 여념이 없었다.

지금까지 정파의 본거지를 불태운다는 등의 행동은 모두 제정신인 능운상이 지시한 일이었다.

"되었습니다."

"들여보내라."

"예."

무정귀가 나가고 그 문을 통해 두 명의 남자가 들어섰다.

깨끗한 옷에 깨끗한 몸을 한 건장한 청년들이었다.

그들이 능운상을 바라보는 눈빛에는 존경의 빛이 가득했다. 이것은 무정귀가 최대한 단속을 했기 때문이다.

문이 닫히고 단말마의 비명 소리가 들리더니 이내 무언가를 마시는 소리가 들렸다.

　문밖에 서 있는 무정귀는 애써 그 소리들을 외면했다.

　아침 식사(?)를 마친 능운상이 혈마강시들과 함께 거대한 마차에 올랐다.

　혈마강시들은 하늘하늘한 옷을 입고 있었는데, 약간 붉은빛이 도는 그녀들의 얼굴은 보는 이들의 심금을 울릴 만큼 아름다웠다.

　거기다 마치 쌍둥이같이 서로 닮아서 여섯 쌍둥이를 보는 것 같은 착각을 불러일으키기도 했다.

　천천히 마차가 출발하자 혈마강시 셋은 앞에 앉았고, 둘은 능운상의 옆에 앉았다.

　그런 그녀들을 바라보던 능운상이 잠시 머리를 만졌다.

　"크크크, 그렇게 애걸하지 않아도 만마성은 지상에서 자취를 감출 것이다."

　끊임없이 그의 뇌리에서 울려 퍼지는 만마성을 처리해야 한다는 소리에 대꾸를 한 것이다.

　하지만 그럼에도 그 소리는 멈추지 않았다.

　사실 그 소리가 없더라도 능운상은 그곳으로 향했을 것이다.

　만마성이 있는 곳에서 그를 부르는 무언가가 있었기 때문이다.

　현재 능운상을 점령하고 있는 것은 그가 가지고 있던 순수한 악과 혈마강시와 영혼의 교류를 이루며 잠입한 무엇이었다.

옆에 앉은 혈마강시의 얼굴을 쓰다듬는 능운상의 눈에 애틋함이 살짝 자리했다.

"절대로 잃지 않겠다."

굳은 결심이 느껴지는 음성.

사실 혈마강시의 제조법은 강시를 만들려는 것이 아니었다.

그 옛날 사랑하는 아내를 병으로 잃기 직전에 주술사가 어떻게든 살려보겠다고 만든 것이 바로 그것이었다.

떠나려는 영혼을 붙잡고, 멈추려는 육체를 살리려는 주술.

그 주술과 약효를 바탕으로 아내를 살리려는 시술이었다.

그것이 지금에 와서는 무림을 도탄에 빠뜨리는 것이 된 것이다.

마차가 기분 좋은 흔들림을 시작하자 그와 혈마강시는 그 흔들림에 맞추어 깊은 휴식에 들었다.

*　　　*　　　*

사황성의 무리가 절강에 들어섰다는 것을 알게 된 정사연합군은 드디어 화석평야를 향해 진군을 개시했다.

무림인만으로 모인 팔천여 명의 사람들.

만일 이 정도의 수가 뜬금없이 모였다면 대번에 군에 의해서 반란죄를 적용당할 수도 있는 일이었다.

하지만 지금은 황성의 묵인하에 움직이고 있었다.

먼저 선발대가 출발하여 나머지 무인들이 도착하여 쉴 곳을 만들 것이다.

인원이 인원인만큼 한 번에 움직이지 않았다.

그런 사람들 중에서 가장 마지막에 움직인 것은 바로 만마성의 인물들이었다.

단 삼백의 무사들.

팔천 중에서 삼백이라면 그리 크지 않은 숫자였지만, 그들이 만마성의 정예라는 것을 알고 있는 이들은 누구도 그들을 무시하지 못했다.

그런 삼백의 무사들 뒤에서 천천히 걸음을 옮기던 마존의 눈에 흰 상복이 보였다.

애틋함과 원망이 가득한 눈길.

그렇다. 바로 신여옥이었다.

그런 그녀의 눈길과 마주친 마존의 모습이 그 자리에서 사라졌다.

바로 뒤에서 지켜보던 이들도 언제 마존이 사라졌는지 알수 없을 정도로 빠른 움직임이었다.

그렇게 사라진 마존이 일행과 백여 장 떨어진 외진 곳에 모습을 드러내었는데, 어느새 그의 옆구리에 신여옥이 자리하고 있었다.

납치된 그녀도 영문을 모르겠다는 표정이더니 이내 화들짝 놀랐다.

"이… 이게……?"

"왜 그러냐?"

잘 지냈냐는 인사도 없이 바로 말을 꺼낸 마존이 원망스럽기도 했지만, 그녀는 그것을 내색하지 않았다.

"더 젊어지셨네요?"

"왜 그러냐니까. 나랑 몸을 섞은 것도 아니면서 왜 소복 같은 걸 입고 있는데?"

"그건……."

"내가 네 몸을 본 것 때문이냐?"

여인의 정조 관념이 투철한 신녀문에서 자랐으니 그럴 수도 있었다.

사실 무림의 여인들이 그 정도에 죽고 못사는 경우는 거의 없다고 봐야 했다.

"그저……."

여전히 신여옥은 말을 흐리고 있었다.

"그러지 마라. 내 정체도 알았을 테고, 내가 겉은 멀쩡하지만 속은 육십이 넘은 늙은이라는 것도 알 것이다."

"그런 건 중요하지 않아요!"

발작적으로 외친 신여옥이 눈을 빛내며 마존을 직시했다.

"그럼 무엇이 중요하지?"

"사람이 사람을 좋아하게 되는 것에는 어떠한 것도 필요치 않는 거예요. 모르시나요?"

"아니. 중요한 것이 있다."

"그게 뭐지요?"

"바로 서로의 마음이지. 네가 나를 어떻게 여기는지는 몰라도 나는 너를 사랑하지 않는다.”

“그렇지만…….”

“너의 생각을 나에게 강요하지 마라. 이후부터는 너에게 이런 말을 하는 일도 없을 것이다. 너는 이후로 나를 잊어주면 좋겠다. 나도 이 시간 이후로 너를 잊을 것이니.”

“그럼, 그럼 나에게 했던 약속은 무엇이지요? 오 년 후에 찾아오신다고 했잖아요.”

“난 언제나 그런 약속을 한다. 내가 가지고 논 여자들에게서 벗어날 때 말이다.”

마존의 말을 들은 신여옥의 눈에서 기어코 눈물이 흘러내렸다.

“왜 저에게 이런 말씀을 하시는 거지요? 그냥 무시하셔도 될 텐데요.”

울먹거리는 신여옥의 말에 마존이 몸을 돌리며 말했다.

“귀찮아서 그러지. 또 난 쓸데없는 말이 내 주위에 도는 것을 싫어하거든.”

그 말을 마지막으로 마존의 신형이 꺼지듯 사라졌다.

그가 사라졌을 것으로 생각되는 방향을 바라보더니 신여옥이 큰절을 했다.

“부디 무사히 다녀오세요.”

이제 상복은 벗을 생각이었다.

두 눈으로 무사한 것을 봤고, 대화를 통해 그가 맞다는 것을 알았으니까.

그리고 그를 원망할 생각은 없었다.

신녀문은 아직까지도 화석평야를 향해 떠나지 않았다.

물론 그런 문파가 많기는 했지만, 그중에서 신녀문은 의외라 할 만한 곳이었다.

왜냐하면 신녀문 정도면 충분히 전장에서 제 몫을 할 문파였는데, 그보다 못한 문파도 전장으로 가는 판국에 신녀문이 빠졌기 때문이다.

후방에서 보급품을 책임지는 집단의 수장이 바로 신녀문주였다.

그것은 남은 문파들 중에서 신녀문이 가장 강하다는 것이 이유였다.

그 이유가 뭔지는 아무도 몰랐다.

세인들은 그저 여인들로만 이루어진 곳이기에 무시하는 마음에 마존이 그렇게 배치했을 것이라 생각하고 있었다.

'아마도 이것이 마지막 만남이겠지요. 싸움에 지신다면 그것으로 영원한 이별이고, 이기신다고 해도 저 같은 것은 바라보지도 못할 곳에 계실 테니까요. 부디 행복하세요.'

돌아서는 그녀의 눈에는 이슬이 맺혔지만, 입가에는 미소가 자리했다.

무시할 수도 있었지만, 이렇게 따로 자리를 마련해 준 마존이 고마웠기 때문이다.

"어디까지 왔다고?"

마존의 물음에 신의가 눈가를 찡그리며 말했다.

"반나절 거리에서 빠른 속도로 다가오고 있소이다."

"흠… 그럼 내일이나 되어야 놈들의 상판을 보겠군."

마존이 지내고 있는 막사에는 술병이 뒹굴고 있었고, 그의 얼굴에도 취기가 가득했다.

술병이 많다고는 하지만 내공의 고수가 취할 만큼의 양은 아니었다.

그럼에도 취기가 있다는 것은 그 스스로가 취기를 몰아내지 않았다는 말이 된다.

"그럼 쉬시오."

더 이상 할 말이 없는 듯 신의가 막사를 나서자 마존이 다시 술병을 집어 들었다.

"크으~ 좋구나."

술을 마신 그가 술병을 내려놓더니 다시 다른 술병을 집어 들었다.

"크흠, 젠장. 술기운을 빌면 좀 진정될 줄 알았더니 오히려 더 심해지는군."

화석평야에 도착한 다음부터 점점 무언가가 자신을 향해 다가오는 것을 느끼고 있었다.

이것은 이전에 느껴본 적이 없을 정도의 강한 느낌이었다.

두 가지의 감정이었는데, 바로 분노와 질투였다.

분노는 그에게 친숙한 것이었지만, 질투는 생소하기까지 한 것이었다.

"가서 보고 올까?"

당장이라도 이러한 감정을 느끼게 만드는 실체를 보고 싶었지만, 그의 한쪽 구석에 아주 약간 있는 이성이라는 놈이 만류하는 중이었다.

꿀꺽꿀꺽 애꿎은 술만 마시던 마존이 막사를 나서 밤하늘의 별을 바라보았다.

"흠… 뭘까?"

그의 머리 위에서 별들이 춤을 추고 있었다.

술에 취해서 그렇게 보이는지 몰라도 가만히 떠 있어야 할 별들이 소용돌이를 그리며 그를 감싸듯 돌고 있었던 것이다.

"젠장, 오랜만에 취했더니 헛것이 보이는 모양이군."

갑자기 그의 몸에서 안개가 뿜어지더니 이내 얼굴에서 취기가 사라졌다.

주기를 모두 밖으로 빼낸 것이다.

하늘을 바라보니 언제나처럼 별들은 그 자리에서 고고한 빛을 내뿜고 있었다.

머리를 흔든 마존이 막사로 들어가 잠을 청했다.

알고 싶지 않아도 내일이 되면 알게 될 테니 지금은 그저 잠을 자는 게 좋을 것 같았기 때문이다.

반로환동으로 좋아진 점이 확실하게 한 가지는 있었다.

바로 술에 취해도 개가 되지 않는다는 것!

같은 시간 하늘을 바라보는 이는 마존 말고도 또 있었다.

덜컹거리는 마차의 지붕에 누워 있는 능운상이 바로 그였다.

그의 붉은 눈에도 소용돌이 치고 있는 별들이 보였다.

"크크크, 이번 싸움이 천기에 영향을 줄 정도로 큰 싸움이던 가?"

그곳은 바로 화석평야가 있는 그곳이었다.

휘돌던 별자리가 언제 그랬냐는 듯이 제자리를 찾았다.

"이는 내가 그곳에서 진정한 천하제일인으로 등극을 함과 동시에 천자의 임무를 받는다는 것이겠지?"

그것 말고도 있었다.

자신에게 불쾌감을 주는 존재가 그곳에 자리하고 있었다.

그렇다. 불쾌감이었다. 그 이상도 그 이하도 아니었다.

분노라는 것은 자신보다 훨씬 하찮은 이들에게 느끼기에는 너무도 과한 감정이라고 생각했다.

지금의 능운상은 예전 능운상이되 예전의 능운상이 아니었 다.

"아직도 짖어대는군, 어리석은 놈. 네가 그렇게 짖어대지 않 아도 나 또한 만마성에 가장 강한 적개심을 느끼고 있다는 것 을 모르는가? 너는 나이고 내가 너라는 것을 모르는가? 너로 인해 태어났지만, 너보다 훨씬 뛰어난 내가 너를 차지했음을 모르는가?"

그의 뇌리 한구석에서 옹알대는 존재에게 말했지만, 그것은 들리지 않는지 오직 한 가지만 계속해서 외치고 있었다.

"네가 이루려는 것도 내겐 하찮은 것이라는 것을 모르는가?

이전에 느꼈던 감정들이 과연 내가 만들어낸 것이라 여기는 가? 아니다. 그것은 네가 마음속으로 한 번은 생각했던 것들이 다. 한 번은 의심했던 것들이다. 너는 나약했기에 그것을 표출 하지 못한 것뿐이고, 나는 강하기에 거리낌이 없을 뿐이다. 너 는 그것을 아직도 모르는가?"

완전무결한 자신이 불완전한 능운상을 몰아내고 몸을 차지 했건만, 패배자는 아직도 자신의 패배를 인정하지 않았다.

"쯧쯧."

혀를 찬 능운상이 마차로 들어갔다.

가만히 눈을 감고 있는 여섯 명의 아름다운 여인.

"당신들을 위해 내가 무엇을 마다하리요. 이제 곧 천하를 그 대들 품에 안겨주리라."

운명의 여인들.

그 여인들을 제외하고는 아무것도 중요하지 않았다.

왜 그런 것인지는 생각하지도 않았다. 그것을 캐는 자체가 스스로에게 너무나도 큰 죄악이라도 되는 듯이.

그녀들의 모습을 바라보던 능운상도 눈을 감았다.

"준비를 해두었소이다."

신의의 말에 마존이 신형을 일으키더니 막사를 나섰다.

그런 그의 눈에 땅에 꽂혀 있는 대나무 다발들이 보였다. 대 나무를 잘라 만든 죽창이었다. 죽창 끝에는 둥그런 물체가 매 달려 있었는데, 바로 황실에서 가지고 온 벽력탄이었다.

“그나저나 이걸 사용하면 놈들이 황실의 개입을 눈치챌 텐데?”

벽력탄 서너 개는 사용할 수도 있었다.

하지만 이백여 개를 사용하려면 황실과 무슨 얘기가 오가지 않는 한은 힘들었다.

“벽력탄이라고는 하나 자체적으로 조사를 해본 결과 그 위력이 현저히 떨어진다는 것을 알 수 있었소이다. 범위가 겨우 일 장에 지나지 않소. 우리가 일반적으로 사용하는 것에 훨씬 못 미치는 위력이지.”

무림에서 사용되는 벽력탄은 강한 것은 범위가 오 장에 달하는 것도 있었다. 제아무리 낮은 위력이라고 하여도 최소한 삼 장은 넘었다.

황실에서 일부러 만들지 않는 한은 위력이 이렇게 떨어지지 않았다.

“흥! 같이 싸우다 죽으란 말이군.”

생색을 내면서 사황성에 큰 피해를 주기는 힘들 정도로만 준 것이다.

“그나저나 놈들이 왜 이리 굼뜬지 모르겠네.”

사황성의 무리가 반 시진 거리에 들어왔다는 말을 들은 것이 벌써 한 시진 전이었다.

그럼에도 이제야 화석평야로 들어서고 있는 것이다.

멀리 보이는 먼지구름 속에 그들이 자리하고 있었다.

“놈들이 바보가 아닌 다음에야 지친 몸으로 우리와 싸우려고 하겠소? 충분히 휴식을 취한 다음에 남은 거리는 몸을 데우기 위한 준비로 걸어오는 것일 게요.”

마존의 말을 받아주는 것 같지만, 그 속을 파헤치면 간단한 뜻이 담겨 있었다.

—너 바보지?

바보가 자신을 바보라 빗대어 말하는 것을 알아차릴 수 있을까?

마존의 눈꼬리가 올라가는 것을 보면 아마도 알아차린 것 같았다.

“어쨌든 왔으니까 환영 인사를 해줘야지?”

벽력탄이 매달린 죽창에 다가간 마존이 그중 하나를 집어 들었다.

그런 마존을 본 신의는 지금 마존이 무엇을 하려는지 알아차렸다.

하지만 무모하다고 생각되었다.

사황성과의 거리는 아직도 삼백여 장이 넘게 떨어져 있었기 때문이다.

그러나 그의 그런 생각은 단번에 사라졌다.

처음 하나를 던진 마존이 연달아 가득 세워져 있던 죽창을 쉴 새 없이 적진을 향해 던졌고, 그것들은 하나도 남김없이 적들에게 향했던 것이다.

일반인이라면 눈으로 보기도 힘든 거리를 마존은 아주 가벼운 동작만으로 없애 버렸다.

별로 힘을 준 것 같지도 않은데 다가오는 사황성 무리의 머리 위로 비처럼 쏟아졌다.

그것들이 그들에게 떨어지기도 전에 이미 마존은 마지막 죽창을 들고 있었다.

"인사를 하려면 제대로 해야겠지?"

많은 무리 가운데 있는 거대한 마차.

무엇이 들어 있는지는 몰라도 그것이 마음에 들지 않는 마존이었다.

크기도 크기지만 붉은빛으로 둘러싸인 그것이 눈에 거슬렸다.

한껏 팔을 뒤로 빼더니 힘껏 마차를 향해 던졌는데, 곡선이 아닌 직선으로 바로 마차를 향해 날아갔다.

휘오오오옹~

공기를 찢으며 날아간 죽창이 마차에 닿을 무렵, 마차가 폭발하며 여섯 줄기의 붉은빛이 빠져나왔다.

쾅!

폭음과 함께 먼지가 피어올랐고, 그 먼지가 사라지자 가볍게 손을 내밀고 있는 능운상이 모습을 드러내었다.

벽력탄에 마존의 내공까지 섞여 있음에도 그는 전혀 충격을 받은 모습이 아니었다.

삼백여 장의 거리를 두고 두 사람의 눈이 마주쳤다.

그렇게 두 사람이 첫 대면을 하는 순간, 하늘과 땅에서 연신 폭음이 들렸다.

드디어 죽창의 비가 떨어진 것이다.

하나 그것은 사황성에게 큰 피해를 주지 못했다.

처음에는 멋모르고 날아오는 죽창을 향해 장력을 날려 터뜨리는 바람에 일부 무사들이 피해를 입었지만, 나중에 벽력탄이 있는 것을 알고 피했기에 그 피해가 적은 것이었다.

하지만 그렇다고 완전히 피해가 없는 것은 아니었다.

일단 삼백여 장의 거리를 무시한 공격이 그들의 간담을 서늘하게 하였고, 뒤따라 나온 벽력탄에 동요를 일으킨 것이다.

실제적인 피해는 적을지라도 그들의 사기를 꺾은 것은 확실했다.

오십여 장을 지나며 웅성거리던 것이 멈췄고, 백여 장을 지날 때는 일사불란한 움직임을 되찾았다.

그리고 드디어 정사연합군과의 거리가 백여 장에 이르렀을 때, 그들의 긴장감은 최고조로 치달아 싸움에 임할 준비를 하였다.

第十二章
격돌, 그리고……

팔천 대 오천.

사황성이 숫자에서 첨예하게 밀리는 상황이었지만, 정사연 합군은 그럼에도 불구하고 긴장감을 늦추지 않았다.

"징그럽게 많이 모였군."

"녹림이 합류한 것치고는 적은 숫자이오이다."

"저들보다 더한 놈들이 노리고 있다는 것이 문제지."

"흥! 승냥이 같은 놈들."

"아미타불. 그들은 그들의 본분을 다하는 것이 아니겠소이까?"

지금 화석평야의 외곽에는 수많은 군사가 포위를 하고 있었다.

명분은 백성들의 피해를 최소화하기 위한 것이라고 하지만, 싸움이 치열해지고 사상자가 많아지면 어떻게 돌변할지 알 수 없는 일이었다.

그들로서는 이 기회에 골칫거리인 무림인들을 대거 정리할 수 있는 기회이기도 했으니까.

하지만 섣부른 판단을 할 수는 없을 것이다.

만일 황실의 무림에 대한 압박이 전해진다면 어떤 일이 벌어질지 알 수 없기 때문이다.

그렇지만 구심점 역할을 하는 문파가 없다면 시도해 볼 만한 일이기도 했다.

기득권이 사라진 세상에 새로운 꼭두각시들을 내세워 그들로 하여금 작은 목소리들을 잠재우게 하여 직접적인 무림 경영을 할 수도 있었으니까.

그러다 나중에 그 기득권을 황실이 흡수한다면 무림 자체를 없앨 수도 있었다.

아무튼 그들은 나중 일이었다.

일단 이곳의 일이 해결되어야 할 테니까.

"유철휘! 앞으로 나서라!"

능운상이 여섯 여인을 이끌고 전면에 나서며 마존을 찾았다.

그런 그의 몸에 붉은 아지랑이가 없는 것이, 진정한 그인 것 같았다.

“넌 누군데?”

마존이 남궁창현 등과 같이 있다 앞으로 걸어나왔다.

“내가 사존이다!”

능운상의 말에 현법이 의문을 나타냈다.

“허어~ 능 시주가 많이 변했구려.”

“그러게 말입니다. 우리가 가진 첩보에는 저런 정보가 없었거늘.”

그런 능운상을 보면서 신의가 묘한 불안감에 휩싸였다.

‘설마 저자도 시술을 받은 것일까? 그리고 성공을 한 것일까?’

혈마강시는 그 육체만으로도 가공스런 괴물이었다.

만일 능운상이 혈마강시의 시술을 받고 내공을 지닌 멀쩡한 정신의 소유자라면 그것은 한마디로 재앙이었다.

그들이 의문과 불안을 느끼는 가운데 두 사람의 대화는 계속되었다.

“네놈이 삼십 년 전에 성을 불태운 놈이냐?”

“쪼잔한 놈. 불장난 한 번 한 것을 아직도 기억하고 있냐?”

거리가 백여 장이나 떨어져 있음에도 그들은 마치 옆 사람과 대화하듯 편하게 말을 주고받고 있었다.

얼마나 내공이 정심한지 알 수 있는 대목이었다.

“역시 네놈이었구나.”

그 말을 마지막으로 갑자기 능운상의 전신에서 스멀스멀 붉은 아지랑이가 피어올랐다.

“크크크크, 네놈이구나.”

비슷한 말이었지만, 그 목소리에 담긴 사기와 암울함은 비교조차 되지 않았다.

“네놈은 누구냐?”

아무도 능운상의 변화에 대해 심각하게 생각하지 않았지만, 마존은 대번에 지금 말한 놈이 방금 전까지 자신과 대화하던 놈이 아니라는 것을 알아차렸다.

능운상이 변함과 동시에 불쾌함은 사라지고 질투만 남았기 때문이다.

그 질투의 감정이 그에게 저놈이 그 원흉이라고 속삭이고 있었다.

마존이 마음에 안 들기는 능운상도 마찬가지였는지 그의 눈 속에 적개심이 가득 자리했다.

“너 같은 하찮은 놈에게 가르쳐 줄 이유는 없지.”

두 사람이 대화를 하는 와중에 현법과 신의는 혈마강시를 찾기 위해 온 신경을 집중시키고 있었다.

어차피 전투가 벌어지면 알게 될 일이었지만, 미리 알아서 선수를 치는 것이 중요했으니까.

일단 남궁세가와 소림, 모용세가, 화산파가 각기 하나씩의 혈마강시를 맡기로 약속을 했었다.

그리고 나머지 혈마강시를 마존이 맡는 것이다.

그 수가 적으면 두 문파씩 연수하여 공격하고, 많으면 최대한 빨리 처리한 곳이 마존을 도와주기로 한 것이다.

"어떻습니까, 대사? 몇이나 있는 것 같소이까?"

냉연심의 물음에 현법이 긴 숨을 내쉬었다.

"아무래도 능 시주 곁에 있는 이들이 혈마강시인 것 같소이다. 아미타불."

"그럼 일단 여섯 구는 있다고 봐야겠군요."

"그렇습니다만 더 있을 수도 있으니 경계를 늦추지 말아야 합니다."

수가 적음에 일단 안도하는 그들이었지만, 신의는 내내 불안감을 감추지 못했다.

능운상의 변화가 계속 신경 쓰였던 것이다.

'저 같은 변화는 사문의 기록에 없었다. 분명 혈마강시를 조종하는 이는 그저 영혼의 교류자일 뿐이라고 했건만, 이게 어찌 된 일이지?'

신의는 모르고 있었다.

당시에 나타났던 혈마강시도 완전한 혈마강시가 아니었음을.

물론 그렇다고 지금 나타난 혈마강시가 완전하다는 것은 아니었다.

지배자가 갖추어야 할 조건 중에서 천년화리의 내단이 빠져 있었으니까.

그들 옆에 있던 사대금강의 시선은 능운상에게서 떠나지 않았다. 그들이 능운상을 맡기로 되어 있었기 때문이다.

각자가 맡을 혈마강시를 정하고 만반의 태세를 갖춘 이들이

사문의 인물들과 마지막 점검을 하는 그때, 마존과 능운상의
대화가 끝을 맺고 있었다.

"네놈이 누군지는 모르겠지만, 한 가지는 확실하다."
"크크크크, 무엇이 확실하다는 것이냐?"
"내일이면 볼 일이 없다는 것이지."
마존의 말에 능운상이 광소를 터뜨렸다.
"크하하하하! 맞는 말이다."
그 말을 끝으로 능운상이 손을 앞으로 내밀었고, 순간 사황
성의 무리가 함성을 지르며 쏜살같이 정사연합군을 향해 몸을
날렸다.
그들이 달려오는 것을 본 정사연합군도 같이 고함을 지르며
빠르게 몸을 날렸다.
백여 장의 거리는 무림인들에겐 없는 것과 마찬가지였다.
거기다 서로 마주 보며 달려갔기에 그 시간은 훨씬 줄어들
었다.
콰콰콰콰쾅!
힘과 힘, 기세와 기세가 맞부딪치며 대기를 진동시켰다.
그들이 모두 달려간 후미에는 네 문파의 수장과 혈마강시를
상대하기 위해 남은 정예들, 그리고 신의뿐이었다.
"우측에 있는 혈마강시 둘을 맡으시오!"
말을 마친 현법이 십팔동인을 대동하고 달려나갔고, 냉운심
등도 자신의 문인들과 함께 몸을 날렸다.

사대금강도 오연히 서 있는 능운상에게로 신형을 날렸다.

마존은 자신이 느끼는 감정과 앞에 있는 것들이 만만하지 않다는 것을 말해주고 싶었지만, 일부러 그런 수고는 하지 않았다.

마의가 그러지 않았던가.

"정파 놈들의 피해가 크면 클수록 우리의 안전이 보장받는다. 만일 네놈이 무슨 일을 당하더라도 말이다."

당장 능운상을 향해 달려들고 싶었지만, 그 말을 되새기며 충동을 억눌렀다.

사대금강이 사라진다면 소림의 힘이 빠지는 것은 확실했으니까.

슬쩍 남아 있는 신의를 바라본 마존이 우측에 있는 혈마강시들을 목표로 현법의 뒤를 따라 신형을 날렸다.

현법 등은 우회하여 혈마강시에게 가지 않았다.

일부러 충돌이 벌어지는 곳을 통과하며 달리는 그들은 사황성의 무리에게 자비심을 베풀지 않았다.

현법이 가운데 자리를 잡고 화살촉처럼 뾰족한 대형으로 그들을 관통하면서 닥치는 대로 살계를 열었다.

"크아아악!"

들리는 것은 비명 소리요, 날아다니는 것은 무기를 든 팔과 머리통이었다.

쏟아지는 선혈은 메마른 화석평야를 적셨고, 붉게 물들였다.

그 모습을 본 능운상과 혈마강시들의 몸이 살짝 흔들렸다.

마치 희열에 젖어 몸을 떠는 것처럼.

달려오는 현법 등은 자신들의 목표를 주시하였고, 그것은 누구를 노리고 있는지 분명하게 말하고 있었다.

능운상이 알 수 있을 정도로.

그런 그들을 바라보더니 피식 미소를 지었다.

불을 향해 날아드는 불나방들 같았기 때문이다.

능운상이 아무런 말도 하지 않았지만, 혈마강시들은 각기 자신들의 상대를 향해 날아갔다.

그것을 보면서 여유있게 검을 빼 든 그가 사대금강을 향해 몸을 날렸다.

물론 중간에 마존을 한 번 바라보는 것을 잊지는 않았다.

입가를 핥는 능운상.

맛있는 음식은 남겨두었다가 천천히 음미하는 것이 좋다고 생각하는 모양이다.

혈마강시가 다가오자 현법이 품속에 손을 넣어 둥근 물체를 꺼냈다.

이것은 황실에서 보내준 저급한 벽력탄과 그 궤를 달리하는 물건이었다.

"아미타불!"

사마를 물리친다는 항마음이 사자후가 되어 터져 나왔고, 그와 동시에 그의 손에서 벽력탄이 떠났다.

이것이 혈마강시를 죽일 수 있다고 생각하지는 않았다.

사천당문이 보유하고 있던 암기도 이것에 못지않은 물건이었기 때문이다. 그는 단지 시간을 원했을 뿐이다.

쾅!

굉음과 함께 자욱한 연기가 퍼졌고, 십팔동인이 빠르게 움직이며 연기를 포위했고, 그들의 위에 현법이 자리했다.

십팔동인은 자리를 잡자마자 원을 그리며 돌았고, 그들이 쥔 봉을 통해 경력이 그 원 안으로 밀려들어 갔다.

"아무리 단단하다고 하여도 만 근의 압력 속에서는 견디지 못하리라!"

현법이 입을 굳게 다물며 서서히 내공을 풀어 십팔동인과 일체를 이루려 노력했다.

일종의 격체전기로 십팔동인의 몸과 내공을 현법이 조율하여 마치 한 사람처럼 상대를 공격하는 것이다.

소림하면 내공이고, 내공하면 소림이었다.

그런 소림에서도 최상위에 속하는 이들의 내공 열아홉이 합친다면 그 위력은 상상 불허였다.

진 속에 가해지는 힘에 연기가 꺼지듯 사라지고 허공에 묶여 있는 혈마강시의 모습이 보였다.

움직이려고 애를 쓰는 모양인지 몸이 꿈틀거리기는 했지만,

그것이 전부였다.

폭발로 다 해어진 옷이 압력에 부서져 가루가 되어 흩날려 눈부신 붉은 나신을 만천하에 드러냈다.

하지만 그 모습을 바라보는 십팔동인이나 현법의 눈에는 한 점 욕정도 보이지 않았다.

이건 내력 대결이나 같았다.

누군가 무너지는 순간 죽음으로 끝이 나는 것이다.

현법과 십팔동인의 몸에 땀이 흥건하게 흘러내렸다.

현법 등이 혈마강시 하나를 제압하는 동안 나머지 삼 인도 각자의 방법으로 혈마강시를 상대하고 있었다.

그러나 남궁세가를 제외한 화산파와 모용세가는 그다지 우위를 점하지 못하고 있었다.

그들도 벽력탄을 터뜨렸지만 피해를 주지 못했고, 나머지는 오로지 각자의 실력으로 상대해야 했기 때문이다.

그렇게 그들이 고전하는 사이 사대금강은 황당함을 느끼고 있었다.

붉은 아지랑이에 감싸인 능운상은 느릿한 걸음으로 그들을 향해 다가왔다.

마치 나들이를 가는 한량의 모습과 같았다.

소림의 자랑인 장과 권, 지를 이용한 강기가 무수히 많은 궤적을 그리며 능운상에게 쏟아졌지만, 그에게 어떠한 피해도 주지 못한 것이다.

사대금강의 우두머리인 현정의 눈에 놀람이 가득했다.

'어찌 이런 일이! 금강불괴라도 된다는 말인가!'

아무리 환골탈태를 이루었다고 해도 이럴 수는 없었다.

아직도 중년으로 보이는 능운상의 얼굴에서 반로환동이란 생각은 하게 만들지 않았지만 다른 생각을 하게 만들었다.

"아미타불. 시주는 스스로를 강시로 만든 것이오?"

이런 의문이 들 만하였다. 그는 마치 혈마강시 같았던 것이다.

"크크크크. 땡중, 재롱 다 떨었으면 그만 목을 늘여라."

막 자신에게 다가오는 장풍을 발로 밟은 능운상이 마치 빛살 같은 속도로 현정에게 쇄도했다.

그 모습을 본 현진, 현민, 현우가 현정을 구하기 위해 몸을 날렸지만, 이미 현정의 목은 능운상의 손에 잡힌 후였다.

"놓아라!"

현진의 지풍이 능운상을 향해 쏘아졌지만, 그것이 통하지 않는다는 것은 이미 몇십 번의 공격으로 이미 증명이 되었다.

하지만 그로서는 그것 말고는 할 일이 없었다.

펑!

이번에는 강한 힘을 담았는지 지풍을 맞은 능운상의 머리가 살짝 기울어졌지만, 그것이 전부였다.

푹.

"크읍!"

능운상의 손이 현정의 가슴을 파고들었고, 곧 펄떡이는 무언가를 꺼냈다.

현정의 손이 그것을 잡으려는 듯 들려졌지만, 이내 힘없이 떨어지고 말았다.

우적우적 현정의 심장을 씹어 먹은 능운상이 나머지 세 사람을 보면서 입맛을 다셨다.

"크흐흐흐, 역시 중놈들의 심장은 색다른 맛이 나는구나."

매우 만족한 표정이었는데, 그 모습을 본 세 사람이 발작적으로 그에게 달려들었다.

이제까지 거리를 두고 공격하는 모습이 아니라 완전히 생사를 도외시한 육탄 공격이었다.

그러나 그들의 그런 처절한 모습도 능운상에게는 아무런 감흥을 주지 못했다.

그저 스스로 목숨을 바치려 달려드는 먹이를 보는 야수의 눈으로 그들을 바라볼 뿐이었다.

막 그들의 심장을 취하려던 능운상의 고개가 획 돌아갔다.

마치 그들의 모습은 보이지도 않는다는 듯이.

그런 그의 눈에 보인 것은 막 반으로 쪼개지는 혈마강시의 모습이었다.

마존은 자신을 향해 몸을 날리는 혈마강시를 보며 이상한 감정에 휩싸였다.

질투를 일으킨 것이 능운상이었다면, 혈마강시는 강한 배신감을 느끼게 하였다.

“왜?”

어째서 그런 감정이 드는지 알 수 없었다.

손톱을 세우고 강한 힘이 느껴지는 공격을 하는 혈마강시들을 요리조리 피하면서 그것을 알고자 노력했지만 알 수 없었다.

사랑한다고 속삭이던 여편네가 바람을 피우고 오히려 그 사내놈을 옹호하면서 죽이겠다고 낫을 들고 달려드는 그런 감정이었다.

생각을 이어나가려 했지만, 워낙 드세게 달려드는 바람에 그것이 힘들자 짜증이 난 마존이 두 혈마강시의 손을 붙잡아서는 멀리 던져 버렸다.

마의가 혈마강시를 만나면 시간을 끌지 말고 죽여 버리라고 했던 말도 잊은 채 왜 그런 감정이 드는지 생각 중이었다.

세상에 병이 많지만 그중의 제일은 호기심이라.

지독한 불치병에 걸린 마존에게 마의의 충고는 나중 문제였다.

“이것들이, 좀 자빠져 있으란 말이다!”

던져 냈다고 얌전히 있을 혈마강시가 아니었다.

나뒹굴자마자 땅을 박차고 더욱 빠른 속도로 마존을 향해 달려들었으니까.

그런 혈마강시를 바라보던 마존이 짜증이 났기에 검을 뽑아 들고는 달려오는 혈마강시를 향해 허공에서부터 내리그었다.

검에서 뽑아진 검강은 그리 길지 않았다.

겨우 어른 손바닥만 한 크기가 될까 한 붉은 검강은 검강이라고 부르기조차 미안해질 정도의 작은 크기였지만, 그 위력은 결코 작은 것이 아니었다.

가장 먼저 달려들던 혈마강시가 마존이 내리 그은 검에 의해 반으로 갈렸다. 그리고 뒤이어 쫓아오던 혈마강시의 목을 검이 스치고 지나갔다.

마존이 이런 결정을 내린 것은 그러한 느낌을 주는 혈마강시가 아직도 네 구나 남아 있었기 때문이다.

거치적거리는 것들을 모두 치워 버리고 따로 떨어져 있는 것들로 문제의 답을 찾으면 된다는 생각에서 내린 결정이었다.

하지만 그가 이런 결정을 내린 것이 얼마나 멍청한 짓이었는지는 곧 밝혀졌다.

이미 잘렸음에도 혈마강시는 그 상태로 멈춘 채 마치 살아 있는 것처럼 보였다.

다만 움직임이 없을 뿐이다.

능운상이 돌아볼 때, 혈마강시의 몸이 반으로 쩍 벌어졌고, 다른 혈마강시는 머리가 땅으로 굴러 떨어졌다.

마존은 여전히 혈마강시들을 바라보며 왜 그럴까 하는 물음에 집착하고 있었다.

"크아아아아아악!"

그 순간 능운상의 입에서 지저에서나 들려옴직한 소리가 흘러나왔다.

싸움의 양상이 새로운 양상으로 변하기 시작한 것이다.

분노를 터뜨린 능운상은 이제까지의 장난스런 모습을 버리고 빠르게 자신을 귀찮게 구는 세 사람을 죽였다.

현진은 머리가 터졌고, 현민은 허리가 손날에 의해 잘려 나갔으며, 현우는 능운상의 발에 머리가 밟혀 완전히 몸통에 박힌 채 죽었다.

사대금강답지 않은 허무하고도 잔인한 죽음이었다.

그들을 죽인 능운상은 곧바로 마존을 향해 달려왔다.

이제는 한가하게 호기심을 만족시키려 노력할 틈이 없었다.

쾅!

단 한 번의 격돌로 거의 넓이십여 장, 깊이 삼 장여에 이르는 웅덩이가 만들어졌고, 그 여파로 혈마강시를 공격하던 이들이 모두 타격을 입고 휘청거렸다.

어차피 열세였던 남궁세가나 모용세가에게는 그다지 큰 피해를 끼치지 못했다.

폭발로 인한 여파에 맞서지 않고 그것을 이용해 신형을 날려 혈마강시를 피하면 그만이었기 때문이다.

하지만 현법 등 십팔동인에게는 치명적인 것이었다.

가까스로 내공을 이용해 혈마강시를 억압하고 있던 그들에게 여력이 몰아닥치자 그들 사이에 이루고 있던 공조 체제가 흔들렸던 것이다.

"크윽!"

입가로 피를 흘리는 현법의 얼굴이 와락 구겨졌다.

순간 진이 흔들렸고, 진 가운데에 있던 혈마강시의 신형이 좌측으로 한 자쯤 이동했다.

별거 아닌 길이였지만, 그것이 시사하는 바는 컸다.

바로 힘의 균형이 무너졌다는 것이고, 힘의 균형이 무너졌다는 것은 혈마강시가 받는 압력에 불균형이 일어났다는 말이다.

한마디로, 그들의 진형이 무너지기 일보 직전이라는 말이었다.

내력 대결의 구도에서 한쪽이 밀리기 시작하며 그것은 순식간에 결론을 이끌어내었다.

그리고 지금 혈마강시와 그들 간의 대결도 마찬가지였다.

서둘러 균형을 잡고자 노력하는 현법을 절망에 빠뜨리는 일이 벌어졌다.

바로 두 번째 폭발이 일어난 것이다.

쾅!

처음보다 더욱 큰 굉음과 더 큰 폭풍이 대지를 휩쓸었다.

흩날리는 흙먼지가 거의 만여 명이 모여 싸우고 있는 화석 평야를 덮쳤다.

"커억!"

결국 견디지 못한 현법이 피 화살을 뿜으며 뒷걸음질을 쳤고, 십팔동인은 역류된 내력에 의해 삼 장이나 날아갔다.

압박에서 풀려난 혈마강시는 가만히 있지 않았다.

이제까지의 분풀이라도 하듯이 쓰러진 십팔동인의 몸을 갈가리 찢거나 밟아 죽였으며, 그 시간은 채 숨을 한 번 들이마셨다 내뿜는 정도였다.

"아… 아미타불……."

현법의 입에서 안타까운 불호가 나오는 그때, 입가에 미소를 지은 혈마강시가 그의 앞에 섰다.

"유 시주, 부디… 컥!"

마존을 향해 당부의 말을 전하려는 그때, 혈마강시가 그의 심장을 꺼냈고, 이내 그의 눈이 점점 흐려지기 시작했다.

현법은 앞으로 닥칠 세상의 환난과 그 중심에 서 있을 혈마강시의 모습에 눈물을 흘렸다.

죽음이 슬퍼서도 아니고, 몸에 새겨진 상처가 아파서도 아니었다.

'유 시주를 보살펴 주소서.'

마지막 간절함을 속으로 빈 현법이 끝내 눈을 감았다.

현법의 심장을 씹어 먹은 혈마강시는 능운상과 마존이 싸우고 있는 곳으로는 눈길을 돌리지 않았다.

피와 살점이 난무하는 격전의 현장으로 시선을 돌렸다.

다른 혈마강시가 싸우고 있는 곳으로 가서 그들을 도우려는 움직임도 없었다.

그것으로 볼 때 혈마강시는 능운상의 심리 상태에 영향을 받지 않는 모양이었다.

그리고 같은 혈마강시와의 유대감도 없는 것 같았다.

"쿠오오오오오~"

도저히 아름다운 여인의 입에서 나왔다고는 믿어지지 않을 괴성이 혈마강시의 입에서 터져 나왔고, 뒤이어 피가 내가 되어 흐르는 격전 속으로 신형을 날려 사라졌다.

"크윽!"
두 번의 충돌이었지만, 확실하게 느낄 수 있었다.
눈앞의 놈은 예전의 혈마강시는 물론 지금의 혈마강시보다도 훨씬 센 놈이었다.
무엇보다 가장 기분이 나쁜 것은 놈을 어떻게 할 수 없다는 것이었다.
사실 두 번의 격돌이 비등한 것 같아도 마존이 밀리는 상황이었다.
마존과 능운상의 충돌은 검과 검이라든가, 검강과 검강의 대결이 아니었다.
마존의 검강은 분명 능운상의 몸에 정확히 틀어박혔다. 하지만 능운상의 몸을 감싸고 있는 붉은 아지랑이에 막힌 것이다.
두 번의 폭발은 검강과 아지랑이의 만남으로 이루어진 결과였다.
오히려 검강에 실렸던 내공이 역류해 내상을 입은 마존이 신음 소리를 낼 정도였다.
내상은 입을 때보다도 빠르게 치유되었지만, 완전한 것은 아니었다.
"제길!"
마존의 마음이 급해졌다.

솔직히 그는 이곳에 올 때까지만 해도 그다지 심각한 마음
은 없었다.

반로환동에 이른 그로서는 모든 것이 우습게 보이기까지 했
다.

마음 한구석에 찜찜하긴 했지만, 결코 이런 상황에 이르리
라고는 생각지 않았다.

그 마음은 남궁창현 등과 비무를 하며 굳어졌고, 그들이 자
신의 수하들과 간신히 하나를 막는 혈마강시를 두 토막 내며
확신이 되었다.

그러나 그 확신은 너무 이른 것이었다는 것을 능운상과 싸
우며 알게 되었다.

휘잉!

붉은 아지랑이를 머금은 능운상의 검이 마존을 쓸어왔고,
그것을 피한 마존이었지만, 공격의 여력에 호신강기가 썰리며
가슴 부근의 옷자락이 찢어졌다.

'일단 생각 좀 하자.'

생사결에 있어서 흥분은 금물이라고 말을 하곤 하지만, 능
운상에게는 통하지 않는 말 같았다.

오히려 공격을 하면 할수록 더욱 강력해지고 맹렬해지는 공
격이었다.

능운상이 속도를 늦추지 않고 다시 검을 찔러오자 그곳을
향해 마존도 같이 검을 찔렀다.

공격을 하자는 의미도 아니었고, 수비를 하자는 의미도 아

니었다.

쾅!

검과 검이, 아지랑이와 검강이 만나며 폭음이 터져 나왔고, 마존은 그 힘을 빌려 신형을 뒤로 날렸다.

능운상이 그 모습을 보고 몸을 날렸지만, 이미 쏘아진 화살처럼 날아가는 마존을 따라붙기에는 늦은 상태였다.

십여 장의 거리에서 쫓고 쫓기는 추격전이 이어졌다.

'저것들은 왜 저쪽으로 가고 난리야?'

안 그래도 복잡해 죽겠는데, 혈마강시 두 구가 정사연합군을 죽이며 점점 만마성의 무사들이 있는 곳으로 향하고 있었다.

그리고 막 남궁창현의 목을 비틀고 심장을 꺼낸 혈마강시도 그곳을 바라보고 있는 중이었다.

사황성 무리가 얼마가 죽든 정파 무사가 얼마나 죽든 사파 무사들이 몰살을 당하든 상관이 없는 마존이었다.

하지만 만마성 무사들의 죽음은 수수방관할 수 없었다.

아무리 그들이 잘 싸운다고 하여도 저 혈마강시들이 뛰어드는 날에는 모두 죽음을 맞을 수밖에 없으리라.

급하게 신형을 날려 남궁창현을 죽인 혈마강시의 허리를 갈라 버리고 그 시체를 능운상에게 던진 후에 나머지 두 구의 혈마강시를 향해 몸을 날리는 마존.

그런 그의 발밑에서 사황성 무사들의 머리가 수박 터지듯 터지고 있었다.

가는 와중에 이런 일을 하는 것은 혈마강시가 날뛰는 바람에 사황성과 정사연합군의 수가 차이가 벌어졌기 때문이다.

현재 남아 있는 이들은 사황성이 삼천, 정사연합군이 이천 오백 정도였다.

짧은 시간에 거의 칠천에 이르는 생명이 사라진 것이다.

지옥이 있다면 바로 이곳이 지옥이리라.

그런 지옥에서도 확실하게 눈에 띄는 것은 바로 만마성의 정예들이었다.

그들은 아직도 이백여 명이 넘는 인원이 살아남아 사황성을 압박하고 있었다.

혈마강시들이 그들에게 끌리는 것은 전장의 중앙에 위치한 그들 주위에 널려 있는 시신들이 많다는 이유도 있었지만, 그들이 뿜어내는 살기와 투기가 다른 어떤 집단보다도 강력하기 때문이었다.

그들은 마치 하나의 몸으로 이루어진 거대한 거인이 살아 움직이는 것 같은 모습을 보이고 있었다.

하나 아무리 그런 그들이라고 하여도 피에 절은 몸으로 음침한 미소를 띠는 여인 하나에 갈가리 찢어지리라.

"죽어!"

막 만마성 무사 하나의 머리를 터뜨린 혈마강시를 향해 검을 던진 마존이 다른 혈마강시를 향해 몸을 날렸다.

그러는 와중에 능운상과의 거리가 이 장으로 줄어들었다.

뒤에서 씨끈거리는 능운상의 숨소리가 들릴 정도였다.

마존이 날린 검은 정확히 혈마강시의 머리를 날려 버렸고, 마치 살아 있는 생물처럼 허공을 돌아 다시 마존에게 돌아오는 중이었다.

그러나 검이 돌아오는 것보다 능운상의 손에 마존이 잡히는 것이 더 빠를 것 같았다.

"웃기지 마!"

가까스로 마지막 남은 혈마강시를 잡은 마존이 그것을 방패 삼아 이어질 능운상의 공격을 기다렸다.

"끼이이이이익!"

혈마강시가 발광을 했지만, 그것은 그저 몸부림에 지나지 않았다.

몇 번 마존을 향해 공격했지만 호신강기에 막혀 아무런 피해를 주지 못했던 것이다.

그것보다도 마존은 자신을 공격하리라 여겼던 능운상이 잠잠한 것이 더 신경 쓰였다.

어느새 삼 장여의 거리에 떨어져서 자신을 바라보는 능운상은 흥분이 가라앉은 것 같았다.

아니, 어쩌면 극도의 흥분을 억누르고 있는지도 몰랐다.

"으음… 놓… 놓아라."

말을 씹어 뱉듯 하는 것을 보면 후자가 맞는 모양이었다.

"호오~ 이년을 말하는 거냐?"

발광하는 것이 마음에 들지 않은 마존이 두 팔을 부러뜨리며 말하자 능운상이 흠칫했지만, 섣불리 움직이지는 않았다.

"그렇게 중요했으면 진즉에 지켰어야지. 흐흐흐."

얄밉게 말하는 마존의 말대로 능운상은 무엇보다도 혈마강시의 안전에 만전을 기해야 했다.

하나 그녀들의 강함을 너무 믿은 것이 첫 번째 실수였고, 두 구의 혈마강시가 죽음으로 인해서 광분한 것이 두 번째 실수였으며, 마지막으로 그럼에도 불구하고 나머지 혈마강시들을 잊은 것이 세 번째 실수였다.

완전하지 못한 자아가 저지른 실수였고, 그것은 천추의 한이 되어 돌아왔다.

이제 그의 영혼의 짝은 마존이 틀어쥐고서 이곳저곳 부러뜨리는 단 한 구밖에 남지 않은 것이다.

"이거, 얌전하게 만들지 않으면 확 모가지를 분질러 버린다."

어느새 두 다리까지 마저 분지르고 목을 잡고 있는 마존이 그녀의 몸을 이용해 자신을 완전히 가린 채 능운상을 살살 약올리고 있었다.

이미 싸움은 잠시 멈춘 상태였다.

전장의 한복판에서 양 세력의 수장이 대치하고 있으니, 자연 두 패로 갈려 서로의 대가리 뒤로 이동한 것이다.

격전의 와중에서도 마존과 능운상이 격돌한 것을 본 이가 있었는지 그들은 모두 두 사람에게서 거의 오십여 장을 물러서 있었다.

시체로 만들어진 산과 언덕, 내와 강의 중심에서 두 사람은 한 구의 혈마강시를 이용해 대화를 나누고 있었다.

"원하는 것이 무엇이냐?"
"죽어줄래?"
생각도 하지 않고 바로 튀어나온 대답이었다.
마존의 말에 능운상은 대꾸도 하지 않았다.
"뭐, 그건 힘들겠지. 그럼… 내가 죽여주마!"
땅을 박찬 마존이 혈마강시를 앞세우고 능운상을 향해 돌진했다.
능운상은 마존을 피하려 했지만, 워낙 생각도 못한 순간에 돌진한 기습이었고 빠른 속도였기에 속절없이 부딪칠 수밖에 없었다.
쾅!
마존의 온몸에 두른 호신강기와 능운상의 아지랑이 사이에 낀 혈마강시가 바위 사이에 낀 계란처럼 터져 버렸다.
그 힘을 이용해 뒤로 몸을 날린 마존이 회선하여 돌아오던 검을 잡고는 온몸을 붉은 강기로 감싸고는 검과 일체가 되어 능운상을 향해 몸을 날렸다.
그 와중에도 능운상은 허공으로 비산하는 혈마강시의 파편을 멍청히 바라보고 있었다.
작은 손짓은 애써 그것을 잡으려는 허망한 몸짓이리라.
그런 그의 복부에 정확하게 마존의 공격이 꽂혔다.
쾅!

엄청난 굉음과 함께 생긴 충격으로 인해 주위에 있던 시체들이 바람에 날려갔고, 온통 주위에는 피와 살점으로 하늘과 땅이 가득했다.

"으음."

신음은 마존의 입에서 나왔다.

분명 자신의 공격은 정확했고, 강했다.

세상에 존재하는 것이라면 막을 수 없다고 확신했다.

거기다 능운상은 지금 완전히 얼이 빠져 있지 않았던가? 하지만 결과는 실패였다.

정확하게 배 앞쪽에서 멈춘 마존의 검. 살갗을 약간 찢고 들어간 검첨이 그가 이룬 성과의 전부였다.

그것을 양손으로 잡고 있는 능운상은 어느새 아지랑이가 사라진 후였다.

"크크크크. 고맙구나."

"뭘? 헌 마누라 죽여줘서? 이제 새 마누라 얻을 생각하니 기쁘냐?"

"아니. 너로 인해 내가 다시 몸을 차지할 수 있게 되었기 때문이다."

본래의 능운상으로 돌아온 것인가? 그러나 아직 능운상의 몸에는 아지랑이가 피어 있었다.

그것도 이전보다 훨씬 붉은색으로.

마치 붉은 휘장을 드리운 것 같았다.

"확실히 아까 그놈은 아닌 것 같군."

편하게 말을 하는 것 같았지만, 마존은 안간힘을 쓰면서 검을 찔러 넣으려 했고, 능운상은 그것을 막는 중이었다.

다리는 땅을 뚫고 들어가고 있었고, 손을 비롯한 온몸의 힘줄과 핏줄은 불룩하게 솟아 있었다.

오직 여유있는 것은 두 주둥아리뿐이었다.

하지만 그것도 이내 힘들어졌는지 두 사람의 입이 굳게 다물어졌다.

그러나 이해가 가지 않는 것은 방금 전까지만 해도 마존의 검강에 강타당하고도 멀쩡하던 능운상이 어째서 안간힘을 써가며 막고 있는가 하는 것이었다.

'이놈, 뭔가 있다!'

마존이 눈을 빛내며 자세히 아지랑이를 바라보자 아지랑이가 선명한 것이 아니라 폭풍우처럼 휘몰아치고 있는 것이었다.

붉은 기운과 그것보다 더 붉은 기운, 두 가지의 기운이 서로를 잡아먹을 듯이 싸우고 있었다.

지금 원래의 주인인 능운상이 혈마강시의 죽음으로 충격을 받은 틈을 타서 몸을 장악하고 자신을 심마로 몰아넣었던 것을 제압하는 중이었다.

사실 마존의 검을 막은 것은 그 본래의 능운상이었던 것이다.

하지만 마존은 아무것도 알아낼 수 없었다.

그렇지만 이것이 자신에게 엄청난 기회라는 것을 알 수 있었다.

그리고 능운상의 힘에 의해 검이 조금씩 뒤로 밀리는 것도 알 수 있었다.

'젠장! 이대로, 이대로 밀리면 끝이다!'

마존의 내공이 폭발적으로 검으로 흘러들어 갔고, 능운상의 붉은 기운도 검으로 흘러들어 갔다.

치이이익!

검신을 잡고 있는 능운상의 손에서 연기가 피어올랐고, 손잡이를 잡고 있는 마존의 손에서도 연기가 피어올랐다.

그리고 검은 용광로에라도 들어간 것처럼 붉게 타올랐다.

양쪽에서 들이닥친 내공과 기운이 검의 중앙에서 만난 순간 뜻밖의 일이 벌어졌다.

검에서 밝은 광채가 새어 나오기 시작하더니 이내 하늘로 솟구쳐 오른 것이다.

파아아아!

천지를 잇는 거대한 빛의 기둥.

그 사이에서 두 사람은 의문을 가지면서도 서로를 향해 내력을 쏟는 것을 멈추지 않았다.

검이 무슨 조화를 부리든 상관없었다.

먼저 손을 떼거나 지치는 쪽이 죽는다는 사실은 변함이 없었으니까.

"크크크크, 하늘이 나의 승리를 축하해 주려는 모양이구나."

입을 연 능운상.

그만큼 여유가 있다는 말이었으니, 이는 마존에게 사형선고

나 다름없었다.

　조금씩 밀려나는 검을 보면서 마존이 입을 악물었다.

　'좋아! 이래 죽으나 저래 죽으나 죽으면 말짱 황이지.'

　천천히 정신을 침잠시킨 마존이 단전을 살폈다.

　역시나 썰물 빠지듯 빠르게 단전이 비워지고 있었다.

　혹시나 하여 주위를 둘러봤지만, 붉은 벽은 이제 존재하지 않았다.

　이제 남은 것은 하나뿐이었다.

　'빌어먹을 땡중!'

　어째서 이 순간 공허의 얼굴이 생각나는지는 그도 알 수 없었다.

　마음을 굳힌 마존이 능운상을 향해 싱긋 웃음을 흘렸다.

　그 웃음을 본 능운상이 뭔가 불길함을 느꼈지만, 그렇다고 다른 어떤 조치를 취하지는 못했다.

　아직 완전하게 신체를 되찾지 못했기 때문이다.

　그때, 마존의 몸이 붉어지며 전신의 혈맥이 급격하게 부풀었다.

　"이… 이놈! 선천진기를 태울 셈이냐!"

　태어날 때부터 가지고 있는 선천진기는 생명, 그 자체나 다름없었다.

　그것은 함부로 움직여서도 건드려서도 안 되는 것이었다.

　조금만 움직여도 반신불수가 될 수 있었고, 재수없으면 급살을 맞을 수도 있었다.

그것이 어디 있는지 아는 것도 힘들었다. 사람마다 각기 다른 곳에 존재하고 있기 때문이다.

친구들과 장난할 때, 툭 치자 억 하고 죽었다는 것은 재수 없게 선천진기를 건드린 경우였다.

그렇다고 아무나 그 선천진기를 움직일 수 있는 것도 아니었다.

생명의 보루답게 그 벽은 너무도 단단하여 어지간한 고수라도 그 벽을 허물 수 없기 때문이다.

그러나 마존은 반로환동의 고수였다.

그 벽을 허물 수 있는 존재라는 말이었다.

능운상이 몸을 피하려고 했지만 마존이 더 빨랐다.

"그런대로 재밌게 살았군."

허무하다면 허무한 마지막 유언.

그것을 마지막으로 부풀었던 몸이 순식간에 쪼그라들면서 강대한 힘이 검으로 흘러들었고, 이내 쏘아진 화살처럼 검과 함께 마존의 몸이 능운상에게 쏘아졌다.

"아… 안 돼!"

능운상이 사력을 다해 앞을 막았지만 마존의 공격은 그가 막을 수 있는 한계를 벗어난 것이었다.

모든 것을 건 검과 능운상의 붉은 아지랑이가 만난 순간, 아지랑이가 폭발을 일으켰고, 검과 함께 마존의 몸이 능운상의 몸을 관통했다.

콰쾅!

　꽝음과 함께 밝은 빛이 번쩍이더니 반경 칠십여 장에 달하는 거대한 구덩이가 생겨났다.

　천지를 잇고 있던 빛의 기둥도 자취를 감췄다.

　사방으로 시체와 흙먼지를 비산시킨 폭발은 남아 있던 사황성의 무사들과 정사연합군도 같이 날려 버렸다.

　그렇게 무림사에 길이 기록될 화석평야의 전투가 막을 내렸다.

*　　　*　　　*

　후에 정사연합군이 주변을 이 잡듯이 뒤졌지만 끝내 마존을 찾을 수는 없었다.

　마존이 죽었다는 이들도, 죽지 않았다는 이들도 있었지만 누구도 결론을 내리지는 못했다.

　그리고 그렇게 시간은 다시 흘러갔다.

　마존이라는 전설을 싣고서…….

第十三章

또 다른 여정

“으음…….”

온몸이 죽을 것같이 아픈 마존이 신음 소리를 내며 눈을 떴
다.

“여, 여긴……?”

몸을 움직이려고 했지만, 마치 천 근 바위가 누르고 있는 것
같아서 움직일 수 없었다.

손가락 하나 까딱거릴 힘도 없었다.

“젠장, 죽었나?”

그런 생각을 하는 것도 무리가 아니었다.

보이는 하늘은 검은색도 아니었고, 푸른색도 아니었다.

검붉은 자줏빛.

　마치 그림쟁이들이 그려놓은 지옥의 색과 같은 색을 가진 하늘이었다.

　물론 이런 것도 있었지만, 선천진기를 폭발시키고도 살아남을 수 없다는 것을 그도 잘 알고 있었다.

　"크크크크, 내가 천당에 왔을 리는 없으니, 이제 지옥의 사자만 오면 되는 것인가?"

　말이 씨가 된다고 하던가?

　그런 그의 시야를 가리는 것이 있었다.

　뭐라 알 수 없는 말을 지껄이는 그것.

　마치 개 같은 얼굴이었는데, 개를 좀 눌러서 사람답게 만들어놓으면 딱 지금의 모습일 것 같았다.

　근데 크기가 좀 컸다.

　얼굴만 마존의 두 배였고, 키는 일 장이 넘어 보였다.

　"코가 반질반질한 것을 보니 건강은 좋은 것 같구나. 젠장, 좀 비실비실한 놈한테 걸릴 것을."

　자고로 모든 동물의 건강 상태를 알아보려면 코를 살핀다.

　그런데 이놈의 코는 기름을 쏟아붓기라도 했는지 아주 기름기가 좔좔 흘러넘쳤다.

　콕, 콕, 콕.

　"이제 시작인가?"

　놈이 들고 있던 창으로 자신을 찌르자 고문이 시작된 것이라 생각한 마존이 마음의 준비를 했다.

　"역시 착한 일도 좀 할 걸 그랬나?"

어지간한 고문은 웃으며 참아내겠지만, 지옥의 고문이 그리
허접하겠는가?

약간의 두려움이 이는 것은 어쩔 수 없었다.

그런데 이놈은 좀 집요한 데가 있는 놈인 모양이었다.

창으로 찔러서 구멍이라도 내려는지 같은 자리를 찌르고 또
찌르고, 또 찔렀다.

좀 짜증이 나기는 했지만 참기로 했다.

괜히 반항했다가 바로 강도 높은 고문으로 이어지면 안 되
니까.

콕, 콕, 콕…….

얼마나 시간이 흘렀을까?

"이런 개새끼야!"

결국 화를 참지 못한 마존이 몸을 일으키며 개를 닮은 그놈
의 면상을 후려쳤다.

퍽!

산산이 부서지는 개를 닮은 얼굴.

쿵!

머리를 잃은 몸통이 육중한 소리를 내면서 쓰러졌다.

일어난 마존의 시야에 들어온 것은 저 멀리 펼쳐진 울창한
수림과 수없이 솟아 있는 산봉우리였다.

그리고 주위를 둘러보니 자신이 있는 것도 그런 산봉우리
중 하나라는 것을 알 수 있었다.

거대한 폭발이라도 있었던 것 같은 흔적이 있었지만, 틀림

없었다.

그리고 그런 산봉우리들 뒤로 점점 자취를 감추는 둥근 물체들도 보였다.

그것은 마치 지구의 달과 같은 모습이었다.

다른 것이 있다면 그것이 세 개라는 것이었다.

"여긴 어디야?"

의문을 품었지만 답을 해줄 이는 없었다.

툭.

"응?"

발에 걸리는 것이 있었다.

바로 그와 마지막을 함께했던 검이었다.

"뭐, 가보면 알겠지."

검을 주워 든 마존이 눈앞에 펼쳐진 수림으로 신형을 날렸다.

그의 새로운 유랑이 시작된 것이다.

『마존유랑기』 1부 完

작가후기

늦게 나온 점 깊이 고개 숙여 사과드립니다.
개인적인 사정으로 본의 아니게 너무 시간을 끌게 되었습니다.
마존의 또 다른 후안 대륙 여행기는 판타지입니다.
그것에 관해서는 다시 여러분을 찾아뵙도록 노력하겠습니다.
그때를 기다려 주세요.

아직도 봄이라고 할 수 없을 정도로 날씨가 쌀쌀하지만, 봄이
있고 곧 찾아오리란 것을 알 듯이 여러분의 내일에도 희마이 있다
는 것을 잊지 마세요.
그 희망은 기쁨이라는 이름으로 찾아올 것입니다.

언제나 여러분의 곁에 있고 싶은
은헌 올림.

Book Publishing CHUNGEORAM

神刀無雙
신도무쌍

사도연 新무협 판타지 소설

삼 년 전 나는 죽었다.
그리고… 다시 태어났다.

사부를 해했다는 오명으로 인해 모든 것을 잃었다.
몸에 백팔십 개의 비혈구를 박은 채로 뇌옥에 갇혔다.
하지만 하늘은 절대 나를 버리지 않았다.

나락으로 떨어졌다고 생각한 그에게 찾아온 뜻밖의 인연!

절혼령(切魂靈).

그것은 죽음이 아닌 새로운 탄생을 의미하는 것이었으니!

지금 여기,
무적도(無敵刀)의 독보신화(獨步神話)가 시작된다.

Book Publishing CHUNGEORAM

은하의 계곡

무천향
武天鄉

허담 新무협 판타지 소설

뿌리를 찾아가는 목동 파소의 여행.
그 여정의 끝에서
검 든 자들의 고향 대무천향 (大武天鄉)을 만난다.

검객 단보, 그는 노래했다.

…모든 검 든 자들의 고향 무천향.
한 초식의 검에 잠든 용이 깨어나고, 또 한 초식의 검에 잠든 바다가 일어나네.
검의 흐름을 따라가다 보면 어느새, 세월도 잊어버리고, 사랑도 잊어버리고,
무공도 잊어버려…….
결국에는 자신조차 잊어버리는…….

은하의 가장 밝은 빛이 되어버린다는
그 무성(武星)들의 대지(大地).

아, 대무천향(大武天鄉) 이여!

유행이 아닌 자유추구 –
WWW.chungeoram.com
Book Publishing CHUNGEORAM

閻王眞武

염왕진무

김석진 新무협 판타지 소설

"그, 그럼 어디서 오셨습니까?"
무심하게 고개를 돌리며 진무가 속삭이듯 말했다.

……지옥에서.

인간이라면 절대 익힐 수 없다는 강호삼대불가득!
그것에 얽힌 비사를 풀기 위해 그가 강호로 나섰다!
피처럼 붉은 무적의 강기, 혼돈혈애를 전신에 두르고
수라격체술과 염왕보로 천하를 질타하는 쾌남아, 진무!
염왕의 진실한 무학을 발현하여 무림삼패세와 고금십대천병을
이겨내고 속세의 악업을 심판하는 진정한 염왕이 되어라!

이제 강호는 진무의
일거수일투족에 열광한다!

유행이 아닌 자유추구 —
WWW.chungeoram.com
Book Publishing CHUNGEORAM

신일룡
新무협 판타지 소설

풍신유사

태초에 우주를 구성하는 세 개의 기운이 있었다.

그것은 빛[光], 땅[地], 그리고 물[水]이었다.
이것들이 서로 조화되어 만휘군상(萬彙群象)을 이루었다.
그리고 이들 사이에서 또 하나의 기운이 탄생했으니,

그것은 바로 바람[風]이었다.

'풍령문' 제삼십구대 전인 관우.
제세(濟世)의 사명을 위한 길이 그의 앞에 펼쳐졌다.

"사람이 어찌 하늘의 뜻을 다 알 수 있을꼬?"

바람에 미쳐 바람이 된 자.
사람이되 신이 되어버린 자.
하늘의 뜻을 좇아 하늘을 거역한 자.

이것은 그에 관한 '남겨진 이야기[遺事]' 다.

유행이 아닌 자유추구 –
WWW.chungeoram.com
Book Publishing CHUNGEORAM

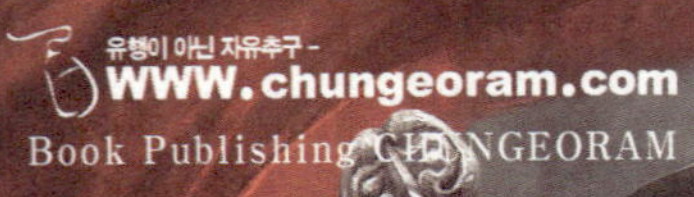

絶代君臨

절대군림

장영훈 新무협 판타지 소설

문피아 골든베스트 1위, 선호작 베스트 1위

「보표무적」, 「일도양단」, 「마도쟁패」에 이은 장영훈의 네 번째 강호이야기.

절대군림

"왜 나를 선택했지?"
"당신은 좋은 어른이니까."

호북 제패를 시작으로 적이건의 강호 제패가 시작된다.

"비록 아버지의 강호가 옳다 해도, 난 어머니의 강호에서 살 거야.
아버지의 강호는 너무… 고리타분하거든."

왼손에는 군자검을, 오른손에는 지옥도를 든 천하제일 과일상 행운유수의 장남 적이건.
그의 유쾌하고 신나는 강호제패기

"문파를 세울 거야. 이 강호에서 가장 강하고 멋진."